다다를 수 없는

나
라

다다를 수 없는

나라

ANNAM

크리스토프 **바타유** 소설 ─ **김화영** 옮김

문학동네

차례

I

베트남 황제가 1787년 프랑스 궁정에 도착했을 때 루이 16세 치세는 우울 속으로 빠져들어가고 있었다. 왕은 늙어가고 있었다. 쏟아져나오는 비판들은 신랄했다. 왕비는 그를 돌보지 않았고 대신들은 초조해했다. 왕국은 소용돌이에 휘말려 있었던 것이다. 심지어 베르사유 궁전의 화장돌들에마저 가을을 맞아 금방이라도 떨어질 듯이 구부러진 황금꽃 모양의 비늘이 일어났다.

궁정의 광대한 뜨락은 묵밭으로 변했지만 그래도 주황색 붉은색 노란색으로 찬란했다. 거기서는 오랜 시간 동안 고적하게 산책할 수 있었다. 오직 대운하와 큰 연못 그리고 초록의 융단만이 여전히 찬란한 빛을 발했다. 햇빛의 축제를 위해서는 물의 높이가 차올라야 했던 것이다.

베트남 황제는 겨우 일곱 살이었는데 이름이 칸(景)이라고 했다. 그는 아홉 달 동안의 바닷길을 여행한 끝에 브레스트에 이르렀다. 그의 나라에서는 북부 지방에서 농민들이 봉기하여 자기네 황제를 후에의 궁전에서 쫓아내버리고 난 뒤였었다. 폐왕이 된 아버지 섭정공 우옌 안(阮福映)은 시암으로 망명하고 말았다. 그 혼자로서는 아무 일도 할 수가 없었다. 그러나 그는 세상의 저 끝에 부유하고 친절하며 전쟁에 강한 나라, 프랑스가 있다는 것을 알고 있었다. 그는 옛날에 루이 14세가 지녔던 권능과 그의 왕국의 영화를 알고 있었다. 그는 아들을 급히 왕의 곁으로 보냈다. 우옌 안은 그의 왕위를 되찾으려는 것이었다. 그는 군대와 선교사들을 보내어 힘으로 하느님의 왕국을 회복해달라고 프랑스에 간청했다.

칸은 프랑스 말을 몇 마디 할 줄 알았다. 그는 허약하고 이상한 소년으로 새로운 고독 속에 버림받은 자신의 처지에 불안해하고 있었다. 그가 발견한 세계는 겉으로 보아 평화롭기만 했다. 넓적한 그의 얼굴과 표정은 사람들의 이목을 끌었다. 그를 바라보는 눈길에는 존중과 동시에 호기심이 배어 있었다. 너무나 따분한 나머지 뭔가 새로운 것을 갈망하고 있던 궁정 사람들은 그가 도착하자 반갑게 맞아주었다.

그래서 사람들은 저마다 꿈꾸듯이 베트남을 상상해보는 것이었다. 그곳에 사는 짐승들에 대한 이상한 소문이 돌았다. 거기에서 자라는 식물들은 거대한 나무들이나 이름도 들어보지 못한 꽃들이어서 인간 세상의 것이 아닌 것만 같았다. 아무도 알지 못했던 그 나라 이야기가 갑자기 유행이 되어 사람마다의 입에 오르내렸다. 어느 날 저녁 왕이 말없이 식사를 하고 있자니까 샤틀레 공작이 베트남 이야기를 꺼냈다. 루이 16세는 그의 이야기를 참을성 있게 듣고 있다가 그 말을 막았다.

"그만 됐소. 우리 왕국은 이미 큰 나라요. 하느님의 뜻이 변하지 않는다면 앞으로도 여전히 그럴 것이요. 그러니 어리석은 야심은 품지 않도록 하오."

어린 칸은 이곳의 가을이 써늘한 것에 놀랐다. 그의 나라에서는 나무들이 쓸쓸한 색조로 변하는 법이 없었던 것이다. 베르사유의 정원은 어두운 빛을 띠고 있었다. 그렇긴 해도 황제는 거기서 궁정 사람들의 아이들을 다시 만날 수 있었다. 그 아이들은 그의 외로움은 아랑곳하지 않은 채 그에게 못된 장난을 하며 놀려댔다. 그러자 칸은 눈물을 흘렸고 옆에 있던 궁녀들이 그를 위로했다. 궁녀들은 그를 주인 마님들 곁으로 데리고 갔다. 그는 귀여운 짐승인 양 새로운 장난감이 되었다.

어느 날 칸은 왕궁 동쪽 날개의 널찍한 복도를 따라 이리저리 돌아다니다가 멀리서 어렴풋하게 어떤 거대한 형상이 하나 나타나는 것을 보았다. 그의 나라에서 보던 어떤 가면 같다 싶어서 그쪽을 향해 달려가보았다. 설날 명절 때가 되면 죽은 사람의 흉내를 내면서 귀신들을 쫓아내곤 했던 것이다. 피에르 피뇨 드 브레엔 주교와 마주치게 된 칸은 그 몇 발작 앞에서 걸음을 멈추었다. 주교는 아드랑 주교구에 싫증을 느낀 나머지 그만 세상에서부터 물러나 앉으려는 것이었다. 그는 왕의 알현을 기다리는 동안 혼자서 묵상에 잠겨 있었던 것이다.

"잘 있는가."

하고 그가 말했다.

그는 잠시 망설였다. 이 아이가 베트남의 황제인가? 피에르 피뇨 드 브레엔 주교로서는 짐작만 할 뿐 확실히 알 수가 없었다. 그는 재빨리 마음을 정했다.

"이리 오시게. 그대의 나라와 부왕을 위해서 기도를 해야지."

어린 칸은 드디어 자기에게 귀를 기울여주는 이를 만나게 되어 기뻤다. 그는 그 거대한 형상의 손을 잡았고, 두 사람은 함께 궁궐 안의 기도실로 들어갔다. 주교 혼자서만 연보라색 비로드 위에 무릎을 꿇고서 기도를 했다. 칸은 기도실 안을 이리저리 돌아다녔다. 온갖 황금 장식들과 촛불들에 경탄을 금치 못했고 그곳에 깃든 침묵에 가슴이 뛰고 불안해지는 것을 느꼈다. 그는 끊임없이 제 나라 말로 중얼거렸다. 피에르 피뇨 드 브레엔은 기도를 하면서 미소를 지었다. 그는 그 아이를 사랑했지만 그 아이가 자기 가족들과도 멀리 떨어져 있고 하느님으로부터도 멀리 떨어져 있다는 생각을 했다.

마침내 칸은 왕을 알현하게 되었다. 황제는 왕의 집무실로 들어갔다. 그는 루이 16세에게 베트남의 봉인이 찍힌 편지를 바쳤다. 그의 아버지의 청원이 기록된 양피지는 바닷물의 소금기에 바래 있었다.

왕은 천천히 그 글을 읽어내려갔다. 그는 한숨을 쉬면서 아이를 바라보았다. 그들 두 사람은 마찬가지로 걱정이 많았다. 루이 16세는 공식적인 의전 절차를 접어둔 채 그냥 말했다.

"아이야, 내 왕국도 이젠 지난날처럼 풍족한 처지가 못 되는구나. 그대의 나라는 멀고 나의 나라는 들썩거리고 있다. 그대의 백성들이 고통받고 있는 것은 알지만 프랑스의 백성이 내겐 더욱 걱정이로다."

대신들 사이에 수군거리는 소리가 들렸다. 위대한 프랑스 왕국이 겨우 그것밖에 안 된다는 말인가? 루이 16세는 손을 들더니 이렇게 말을 맺었다.

"그대들이 우리에게로 오려거든 오라. 그러나 프랑스가 베트남으로 가지는 못하리라."

그리고 왕은 눈짓으로 알현이 끝났음을 알렸다. 칸은 알현의 진정한 핵심을 깨닫지 못했다. 그는 무엇보다도 레이스 장식이 요란한 예복과 양말이 너무 답답하고 더웠으므로 어서 벗어버리고 싶다는 일념뿐이었다. 부드럽게 미소짓는 부인들과 아버지의 눈길처럼 큰 그늘이 그를 기다리고 있었다.

피에르 피뇨 드 브레엔은 어린 황제에게 가장 쉬운 교리문답의 기초를 가르쳤다. 주교는 칸이 여자 가정교사의 품에 안겨 있는 것을 목격한 적이 있었다. 아이는 울고 있었다. 외로웠던 것이다. 여자 가정교사는 그를 위로했다. 그는 따뜻한 젖이 흐르는 그녀의 무거운 젖꼭지를 빨고 있었다. 주교는 여자의 죄에서 그 아이를 구출해냈다. 그리고 그에게 가르쳤다.

"하느님, 저는 당신을 욕되게 하였기에 속죄하나이다. 당신은 무한히 선하시기에 죄는 당신의 뜻을 그르치는 것입니다. 당신의 은총을 입사와 저는 당신의 뜻을 그르치지 않고 속죄할 것을 굳게 결심합니다."

칸은 이 어려운 말을 되풀이하면서도 청회색의 두 눈을 가진 그 검은 그림자를 겁에 질린 표정으로 바라보고 있었다.

며칠 후, 어린 베트남 황제는 폐렴에 걸려 죽었다. 이상하게도 얼굴에 푸른빛이 감도는 그 작은 몸이 눕혀 있고 그 앞으로 모든 궁정 사람들이 말없이 줄을 지어 지나갔다. 죽음은 흔한 것이지만 고독은 그렇게 흔한 것이 아니었다. 프랑스의 아이들은 가족이 지켜보는 가운데 죽었다. 칸은 자기 나라와 가족들에게서 멀리 떠나와 있었던 것이다. 그는 궁궐의 거대한 공간들 안에서 혼자 하릴없이 돌아다녔었다. 아마도 그는 잠도 잘 오지 않았을 것이다. 아침에 보면 그는 거울들뿐인 긴 회랑에서 간단한 무명옷만 입은 채 떠오르는 햇빛을 포근하게 받고 있었다.

베트남은 얼마나 먼 곳인가!

섭정공 유옌 안의 소식은 감감했다. 신하들과 함께 이웃 시암으로 피난가서 그는 잃어버린 왕국의 회복을 준비하고 있었다. 그는 프랑스 왕국에서 기별이 오기를 기다렸지만 헛일이었다.

그러나 루이 16세는 황제의 죽음으로 마음의 동요를 느꼈다. 그는 기독교식으로 장례를 치르고 궁궐 뒤 작은 묘지에 황제를 묻도록 하였다.

피에르 피뇨 드 브레엔은 그의 묘비에 이렇게 새기기를 적극 주장했다.

나의 하느님과 나의 나라를 위하여

베트남 황제는 가톨릭 교도로서 죽은 것이었다.

II

세월이 흘렀다.

아드랑의 옛 주교는 물러나 살고 있는 생 브누아
쉬르 루아르에서 권태를 억누를 수 없었다. 그는 가
을엔 갈색, 겨울엔 흰색으로 변하는 들판을 바라보
며 명상에 잠기곤 했다. 추위로 몸이 얼얼해진 채 루
아르 강의 낮은 골짜기를 따라 진종일 걷기도 했다.
해묵은 돌들 아래서 그는 병정들이 하는 기도를 올
렸다.

"우리를 사랑해주시는 하느님, 우리가 힘을 얻도록
도와주소서."

원래 프랑스는 옛날부터 교회의 장녀였다. 피에르 피뇨 드 브레엔은 속속들이 착한 사람이었다. 그는 자신의 확고한 심성을 다하여 칸 황제를 사랑했었다. 그는 신념이 강한 사람이었다. 그는 살과 황금을 탐하는 미련한 사제들이라면 질색이었다. 그는 모든 사람들에게 잊힌 채 전쟁에 휩싸여 있는 베트남 생각을 자주 했다. 그렇지만 하느님께서는 그 누구도 잊고 계시는 법이 없다.

수도원으로 들어온 지 두 달 뒤인 1787년 12월 27일 피에르 피뇨 드 브레엔은 피정을 그만두었다. 마지막으로 해야 할 과업이 그를 기다리고 있었던 것이다. 그는 영향력 있는 사람들에게 알현을 청했다. 부유한 후원자들은 자신들의 구원을 위하여 그를 돕고자 했다. 또다른 사람들은 베트남을 무신앙의 질곡에서 구해내기를 원했다. 시대나 바람이 지나가듯이 신앙의 유행도 지나가버렸다. 그러나 늙은 주교는 금화 십오만 에퀴를 모았다. 그는 '생장Saint-Jean'과 '생폴Saint-Paul' 두 척의 큰 배를 갖추었다. 생장(성 요한)은 그

리스도가 특히 사랑하신 제자였고 생폴(성 바오로)
은 바다 저 건너 고장 사람들까지 개종시킨 바 있다.

1788년 4월 4일, 라 로셸 항구는 무거운 짐을 짊어지고 오가는 사람들과 떠들썩한 소리로 진동하고 있었다. 흐린 햇빛이 형형색색의 짐꾸러미들과 말린 고기, 대포에 쓰는 화약 위로 떨어지고 있었다. 무장한 사내들이 마치 십자군 원정이라도 가는 듯 즐거운 표정으로 배에 올랐다. 그들은 억세고 자랑스러웠다. 작은 무리의 도미니크 회 수도사들이 다섯 명의 수녀들과 함께 기도를 올렸다.

"하느님, 우리가 당신을 지키고, 당신을 널리 알리며 당신을 사랑하도록 도와주소서. 이제 우리가 도와

주려고 하는 사람들을 위하여 기도합시다."

군중들은 이 소란한 광경을 바라보았다. 이 모든 사람들이 세상 끝으로 떠나려는 것이었다. 베트남은 알려지지 않은 고장이었다. 생폴 호와 생장 호는 선교사들과 무장한 군인들을 태운 채 출범 준비를 하고 있었다. 여행길이 멀어서 여러 달이 걸릴 예정이었다. 말린 과일들과 야생 벚나무로 만든 십자가들을 담은 자루들이 쌓여 있었다. 사람들은 피에르 피뇨 드 브레엔이 오기를 기다리고 있었다.

루이 16세는 이들의 파견을 허락하지 않으려 했다. 그러나 교회는 이를 지원했다. 칸은 아주 잊힌 것이 아니었다.

마지막 순간에 도미니크 수사가 배에 올랐다. 그는 이제 막 아메리카에서 돌아오는 길이었다. 하느님의 왕국은 크면 클수록 더 좋은 것이다. 그래서 아드랑의 옛 주교를 찾아가 청한 결과 그 역시 베트남으로 떠나게 된 것이었다.

같은 해 4월 19일 아침 피에르 피뇨 드 브레엔은

길쭉한 라 로셀 항구의 부두 위에 홀로 남아 서 있었다. 그는 머지않아 죽을 것임을 예감한 터라 친지들 가운데 남아 있기를 원했다. 시민들이 모두 모여 있는 가운데 그는 이제 떠나는 두 척의 배를 축성했고, 수도사들에게는 예루살렘의 묵주를, 수녀들에게는 로사리오를 나누어주었다.

"내 아이들이여, 하느님의 가호가 있기를!"

두 척의 배는 이른 새벽 항구를 떠났다.

III

　두 척의 배는 모로코에 기항했다. 그들은 포르투갈 해협에서 오랜 동안 폭풍을 만나 고생을 했었다. 찢어진 돛들을 고치고 키를 곧게 펴고 병든 선원을 배에서 내리게 하지 않으면 안 되었다. 여행 떠난 지 사흘째 되는 날 선복에 쥐들이 나타나기 시작했다. 말린 고기의 일부분을 불에 태워버릴 수밖에 없었다. 배에 불행한 일들이 끊임없이 덮쳐왔다. 탕헤르에서는 야자수 그늘에서 각자 휴식을 취할 수 있었다. 바다는 찬란한 모습으로 푸른 바람을 끝없이 반사하고 있었다.

탕헤르에서의 기항은 여러 날 동안 계속되었다. 그리고는 다시 떠나야만 했다. 선원들은 이상한 무기력 상태에 빠져 있었다. 병정들은 불안해했다. 베트남은 전혀 아는 바가 없는 고장이었던 것이다. 오랜 동안 대화를 주고받는 가운데 그들은 대부분 엄청나게 무성한 초목을 상상했다. 그곳에 쏟아지는 비는 끔찍한 것이고 본 적도 없는 고사리들이 사철 푸르게 자라고 짐승들은 무시무시하다는 것이었다. 달이 가득한 밤이면 팔 힘이 억센 장정들이 생각에 잠긴 모습으로 떨고 있는 것을 볼 수 있었다. 배 전체에 바퀴벌레들이 돌아다녔다. 아주 자잘한 놈들이었다. 저곳에 도착하면 또 어떨 것인가?

생장 호와 생폴 호는 아프리카 해안을 멀찍이 우회했다. 지평선 가까이에는 푸른색, 그리고 나중에는 주황빛이 감돌던 사막들이 자취를 감추고 보이지 않았다. 대륙 남쪽의 풍경은 산이 여기저기 돋아난 회색이었다. 하늘은 가끔 흰 폭풍으로 찢어졌다. 희망봉이 가까워지고 있었다. 때는 1788년 여름이었다.

탕헤르를 떠난 지 두 달이 지났다. 희망봉에서 멀지 않은 곳에 기항했다. 잔느 수녀는 붉은색, 오렌지색 혹은 푸른색의 이상한 꽃들을 발견했다. 꽃들은 부드럽고 처음 보는 것이었다. 그러나 희망봉에는 콜레라가 돌고 있었다. 도시는 바깥세상과 연락을 끊은 채 폐쇄되어 있었다. 그래서 닻을 올리지 않으면 안 되었다.

어떤 모험가의 입을 통해서 그들은 피에르 피뇨 드 브레엔이 죽었다는 소식을 들었다. 그는 투렌에 있는 부브레의 처소에서 가족들이 지켜보는 가운데 숨을 거두었다고 했다. 그러니 파견선이 떠난 뒤 어떻게 되었는지 그는 끝내 알지 못하게 되었다. 그리고 그는 베트남이라는 나라를 영원히 알지 못한 채 떠나버린 것이었다. 모든 사람들에게 그는 그날 아침 라 로셸 항구에 나와 손을 들어 보이며 눈물짓던 모습으로 남아 있게 될 것이었다. 그러나 그의 위대한 사업은 계속될 참이었다.

두 척의 배는 닻을 올리고 아프리카를 지나 나아갔다.

그들은 마다가스카르 섬 앞의 대양을 지났다. 섬은 바다와 하늘 사이에 푸른 초록색으로 떠서 아름다웠다. 선원들은 꿈에 잠겼다. 그들은 프랑스를 생각했다. 그리고 또한 이 새로이 접하게 될 땅들에 대한 생각도 했다.

선원들 중 한 사람이 괴혈병으로 죽었다. 이들이 모두 시커멓게 변하면서 흔들거렸다. 선교사들은 오랜 동안 기도를 올렸고 수녀들은 푸른 레몬을 조각조각 잘랐다. 몇 주일 동안 규칙적으로 이 조각들을 오랫동안 빨아먹은 덕분에 선원들은 병에 걸리지 않고 목숨을 구했다.

생장 호와 생폴 호가 신비에 싸인 인도를 향하여 올라가는 동안 밤이 더 짧아졌다. 하늘은 어둡고 캄캄해졌다. 어떤 수부장이 전에 보지 못하던 별들을 찾아냈다. 여러 원소들이 서로 구별할 수 없도록 섞였다. 밤은 기나긴 꿈이었다. 선원들은 축축한 저녁 갑판 위의 밧줄들 사이에 누워서 팔베개를 한 채 생각에 잠겼다. 우주가 점점 커지는 것만 같았다. 여러 날 동안 줄곧 바람이 잠잠했다. 그 기회를 이용하여 생폴 호의 큰 돛을 꿰맸다.

갑판이 불타는 듯 뜨거워졌다. 선교사들은 사제의

제복을 벗어버렸다. 그리하여 그들도 선원들과 같은 옷차림이 되었다. 수녀들은 이 끔찍한 생활에 익숙해지기 시작했다. 사내들의 욕설, 몸에 질질 흘러내리는 땀, 짠물 그리고 술통에 담긴 시큼한 포도주. 습기가 극에 달한 나머지 옷에 배어났고 물건이나 사람이나 깊이를 알 수 없이 축축하게 젖어 있었다.

선장은 타고난 이야기꾼이었다. 그는 세상을 두루 누비고 다녔으므로 도미니크 회 수사들을 잘 알고 있었다. 그들은 함께 아메리카로 갔었다. 어느 타는 듯 뜨거운 밤, 아무도 잠을 이룰 수 없었다. 선장은 머나먼 퀘벡 이야기를 하기 시작했다. 그곳의 여름은 주황색의 우수에 차 있었고 어두운 푸른색의 호수들이 산맥의 허리에 돋아나 있었다. 거기서는 수영을 할 수 없었다. 몸 저 아래로 깊이를 헤아릴 길 없는 심연이 느껴지기 때문이었다. 언제나 미지의 땅인 세상들에 정신을 파는 동안 그들은 갑판을 돌아다니는 쥐들과 느리게 찾아오는 선상의 잠을 잊을 수 있었다. 선장은 또한 동양의 설화들도 알고 있었다. 그 이야기들은 차분하고 아름다웠다. 문득 베트남이 더 가깝게 느껴졌다.

이윽고 바람이 다시 불어대기 시작했다.

10월 말이 되자 밤이 더 길어지고 희뿌예졌다. 오들오들 떨지 않으려고 잘 때는 몸을 웅크리지 않으면 안 되었다.

일곱 달이 지났다. 배에 씌어진 이름들이 거의 다 지워져 있었다. 하얗던 돛이 도처에 기운 자국으로 뒤덮였다. 식량이 동이 났다. 가을볕과 소금에 말린 물고기로 연명을 하지 않으면 안 되었다. 사람들이 병들어 눕기 시작했다. 선교사 한 사람, 그리고 선원 두 사람이 죽었다. 고통은 참혹했다.

어느 날 아침 세일론 섬이 눈에 들어왔다. 기항은 두 주일 동안 계속되었다. 선원들은 사창굴을 찾아냈다. 그들은 황금빛 휘장들과 어두운 색깔의 비로드 같은 몸을 가진 여자들에게 넋이 팔린 채 그곳에서 오랫동안 휴식을 취했다. 도미니크 회 수도사들과 수녀들은 도시를 구경했다. 모든 것이 달랐다. 그렇게 먼 곳에서 생각해보면 프랑스는 비현실적인 세계 같았다. 그들은 조국에서 농민들이 봉기했다는 것을 알지 못했다. 귀족들이 불안에 떨고 있다는 것도 알지 못했다. 그러나 루이 16세는 조용하게만 느껴지는 그

머나먼 고장들 생각에 몰두해 있었다. 그때 그는 발 들여놓을 틈도 없이 우거진 숲, 키가 작고 이상한 말을 쓰는 수많은 백성들을 상상하고 있었다.

프랑스 국왕기를 높이 올렸다. 그리고 마침내 돛을 바꾸었다. 교회의 황금을 주고 새로이 식량을 마련했다. 두 척의 배에는 푸른색 칠을 했다. 프랑스 왕국의 영광을 자랑하며 베트남으로 들어가지 않으면 안 되는 것이었다. 엄청난 군중이 나와서 이 이상한 여행자들, 이 엄격하고 더러는 아름다운 여자들을 환영했다. 수녀들은 어두운 색깔의 머리 치장을 그만두었다. 그들의 머리는 금발이었고 많은 경우 길었다. 세일론 주민들의 눈에 그것은 신기하게만 보였다.

닻줄이 던져졌다. 다음 여정은 메콩 강 델타의 사이공 시였다.

프랑스는 전 세계 곳곳에 대사들을 보내고 상사의 해외지점들을 설립하고 있었다. 그래서 베르사유 궁전에서는 파견대가 어디쯤 가 있는지를 알고 있었다. 가장 어처구니없는 소문들이 퍼졌다. 그곳에 최악의 질병이 돌고 있다는 것이었다. 교회는 쓸데없는 곳에 황금을 낭비하고 있었다. 그건 왕이나 하는 미친 짓들 중 하나였다. 그러나 베트남에 대한 이야기가 유행이었다. 궁녀들은 궁정에서 주고받는 대화에 팔려 넋을 놓고 있었다. 백성들은 아무런 쓸데도 없는 정복에 염증을 느끼고 있었다. 그리고 사람들은 그토록 멀리 떠나 길을 잃은 두 척의 배를 까맣게 잊어버렸다. 농민들은 배가 고팠고 폭동이 잦았다.

1788년 크리스마스 날 생장 호의 선상에서는 축제가 벌어졌다. 심야에는 미사를 올렸다. 바람이 잤다. 돛을 내리고 거대한 횃불들을 달았다. 선원들은 무릎을 꿇고 기도를 드렸다. 하늘은 창백하고 바다는 끝이 없었다. 식량이 부족했으므로 축일의 만찬은 생략했다. 늘 그랬듯이 말린 과일과 푸른 레몬으로 만족했다. 선장이 럼주를 냈다. 아무도 거절하는 사람이 없었다. 심지어 머리가 긴 수녀들도 받아 마셨다. 갑자기 프랑스가 너무도 멀게만 느껴졌다. 그래서 크리스마스는 생각만큼 그리 즐겁지 못했다. 도미니크 수사는 방데의 군가를 흥얼거리기 시작했다. 수녀 한 사람이 눈물을 흘렸다. 취한 선장은 밤새도록 이야기를 했다. 그는 멕시코와 그곳의 이상한 피라미드와 전갈과 붉은 사막 이야기를 했다. 아침이 되자 바람이 일었다.

여행은 끝나가고 있는 것 같았다. 그러나 만사가

딴판이 되었다. 어딘지 알 수 없는 어떤 아름다운 땅 가까이에 닻을 내리지 않으면 안 되었던 것이다. 싱싱한 야자수가 서 있는 어떤 군도였다. 바다는 맑았고 발이 베일 것 같은 장밋빛 산호초들이 잔뜩 뒤덮여 있어서 조심스러웠다. 아르망드 수녀는 아무리 해도 끌 수 없는 갈증 때문에 괴로워했다. 무거운 천의 담요를 여러 장 덮고도 오들오들 떨었다. 야윈 얼굴이 빠른 속도로 메말라갔다. 콜레라였다. 생장 호에 탔던 사람들이 모두 철수했다. 선장은 배를 불태워버리고 그 가련한 여자를 포기하자고 했다. 어쩔 도리가 없다는 것이었다. 도미니크 수사는 위엄 있게 이를 거절하고 아르망드 수녀와 함께 홀로 문을 걸어잠그고 생장 호의 선복 안에 남았다. 죽음의 고통은 열이틀이나 계속되었다. 모두가 저쪽 배를 위하여 기도했다. 어떻게 해야 좋을지 알 수가 없었다. 그 두 선교사는 죽었을까? 밤이 되면 횃불의 불꽃들이 바닷물 위에 어른거렸고 침묵이 가득했다. 열사흘째 되는 날 아침 도미니크 수사가 어깨에 무거운 자루를 하나

걸머지고 선복에서 나왔다. 피로해 보였으나 태연했
다. 그는 아르망드 수녀의 시신을 태웠고 식량, 밧줄,
돛 등 배에 실려 있던 모든 것도 마찬가지로 태웠다.
오직 화약과 대포만 남겼다. 선원들은 생폴 호에 모
여 도미니크 수사가 면도하는 모습을 바라보았다. 그
는 바다로 뛰어들어 아침나절 줄곧 헤엄을 쳤다.

프랑스에서는 그 두 척의 배가 사람과 재산을 실은 채 고스란히 길을 잃고 말았다고 여겼다. 파견대에 가담한 사람들을 위하여 왕궁의 기도실에서 미사를 올렸다. 이리하여 베트남은 처음으로 기억 속에서 잊혀버렸다.

키잡이가 제일 먼저 수평선 위에 뚜렷이 드러난 녹색 띠를 알아보았다. 1월부터 더위는 점점 더 기승을 부렸다. 그런데 5월에 베트남이 나타난 것이었다. 모두 안도의 한숨을 내쉬었다. 남자들은 수염을 기르고 있었다. 수녀들은 프랑스 남부의 농촌 여자들처럼 가볍고 색깔이 좀 덜 칙칙한 옷들을 찾아 입었다. 빛나는 녹색의 논들과 그 위에 허리를 굽히고 일하는 실루엣들이 뚜렷이 보였다.

IV

선장은 사이공 앞 난바다에서 기다리기로 결정했
다. 선원들은 별들이 총총한 밤에 갑판 위에 나와 서
서 그토록 그려왔던 나라가 어떤 곳일까를 헤아려보
았다.

아침에 수녀들과 선교사들은 어디로 갔는지 아무
리 찾아보아도 보이지 않았다. 그들은 배에서 내려
베트남 땅으로 들어간 것이었다. 멀리서 도미니크 수
사의 모습이 보였다. 그의 주위에는 아이들이 잔뜩
둘러싸고 서서 그의 붉은 수염과 무겁게 불룩 나온
배를 보며 웃어대고 있었다. 수염을 잡아당겨보는 아

이들도 있었다. 카트린 수녀 주위에도 키가 작은 여자들이 에워싸고서 금빛 나는 그녀의 머리를 만져보고 그 큰 키에 놀라는 표정이었다. 모두가 행복해 보였다. 그들은 한결같이 그 새로운 발견이 재미있는 모양이었다. 평화가 가득한 광경이었다.

물을 대놓은 평야가 까마득히 펼쳐져 있었고, 그 빛나는 초록색은 짙은 푸른색이다 못해 이내 하얗게 변해버리는 하늘과 잘 어울렸다. 이른 시간이었는데도 벌써 더위가 짓누르는 듯했고 바람 한 점 없었다. 배에서 보이는 것이라고는 나무와 돌로 지은 작은 집들뿐이었는데 지평선 위로 솟은 그 윤곽이 뚜렷했다. 둥글고 긴 지붕을 덮은 주황색 절이 하나 마을에 잇닿아 있었다. 강의 지류들은 돋아난 골풀들과 아직은 어린 벼 사이로 흩어지며 멀리까지 뻗어가다가 아주 보이지 않게 되었다. 크고 검은 물소들이 땅바닥으로 고개를 숙이고 있었고 밀짚모자를 쓴 아이들이 그 위에 올라타고 있었다. 선장은 구리로 테를 두른 쌍안경으로 멀리 안개 속에 묻힌 푸르고 그늘진 산들을 분간할 수 있었다. 베트남 사람들의 수는 말할 수 없이 많았다. 그들은 수사들과 수녀들이 두고 간 바닷가 기슭의 배 안에서 놀고 있었다. 더러는 선원들 쪽을 향하여 손을 흔들기도 했다.

이번에는 군인들이 기슭에 가 닿았다. 어린 계집아이 하나가 어느새 도미니크 수사에게서 몇 마디 말을 배워가지고 신이 났는지 크게 소리쳤다. 어린아이들은 새로운 것을 발견하거나 배우고 싶어했다. 그러나 선장은 우울한 표정이었다. 그는 도미니크 수사에게 다가갔다.

"수사님, 이제 프랑스의 위력을 보여줘야지요."

"무기는 놔두세요. 우리는 복음을 전파하려고 이곳에 온 겁니다. 선의의 사람들이 사는 땅에 평화를. 당신네 보병총은 쓸 데가 없고 보기에도 안 좋아요."

말다툼이 벌어졌다. 선장과 도미니크 수사는 오래전부터 아는 사이였다. 그들은 그저 말로만 다투었다. 도미니크 수사는 미국에서처럼 전쟁을 하는 것은 원치 않았다. 그의 동료들도 모두 그를 지지했다. 선장은 혼자였다. 선원들 역시 평화를 원했다.

더위가 참을 수 없을 정도로 심했다. 햇빛을 피하지 않으면 안 되었다. 베트남 사람들이 그들에게 쌉쌀하고 미지근한 코코넛 즙을 대접했다. 그들은 기다렸다는 듯이 받아마셨고 서로의 말을 이해하지도 못하면서 다 같이 웃어댔다. 도미니크 수사가 자기네 사람들에게 그 마을에 머물자고 제안했다. 베트남 농사꾼들과 함께 살고 싶다는 것이었다. 모두가 그러기로 했다. 선장은 각자 자유롭게 선택하라고 했다. 그는 자기 부하들과 함께 사이공으로 떠났다. 그들은 구식 보병총으로 무장한 백 명 가까운 병력으로 두 대의 주철대포를 끌고 갔다. 프랑스에서 그토록 먼 곳이고 보니 권위가 사라져버렸다. 서로의 이해관계가 달랐던 것이다.

프랑스 최초의 베트남 군사원정은 이렇게 결말이 났다.

루이 16세는 이런 식으로 파견대가 둘로 나뉘는 것을 인정하지 않았다. 무기도 권력도 없이 복음을 전파하는 것은 불가능한 일이었다. 그는 갈리아의 추기경을 베르사유 궁으로 소환했다. 불려온 그는 새침한 표정으로 왕의 훈계를 경청했다. 그는 아무 말도 하지 않았다. 묵묵부답인 그의 태도에 기분이 상한 왕이 문득 그에게 물었다.

"어떻게 생각하는지 말이 있어야 할 게 아니오?"

추기경은 왕국이 겪고 있는 어려움을 알고 있었다. 그는 또한 피에르 피뇨 드 브레엔을 사랑했고 그의 정직하고 준엄한 성품과 용기를 높이 여기고 있었다. 그는 대답했다.

"폐하, 인간에겐 시간이 흘러가지만 하느님의 왕국은 영원합니다."

루이 16세는 아무런 반응도 보이지 않았다. 그는 묵묵히 대리석을 간 궁정과 무거운 포석들 사이가 벌어진 시종들의 숙소, 그리고 가로수가 늘어서 있는 먼 곳을 유심히 바라보고만 있었다. 모든 것이 허약해 보였다.

추기경은 자리에서 물러났다.

얼마 후 선장이 죽었다는 소식이 들렸다. 그의 부하들은 베트남의 숲속에서 부상을 당하거나 살해당하거나 길을 잃었다. 베트남 사람들이 중국의 멍에에서 벗어나는 데는 천 년이 걸렸었다. 프랑스 사람들을 상대해서는 이 주일도 채 걸리지 않았다. 그들은 용감했고 무장까지 하고 있었지만 병에 걸리고 만것이었다. 그리고 더위도 이겨내기 힘들었다. 그들은 논 가운데서 잠을 잤다. 거기에 우글대는 모기떼와 두꺼비들은 엄청난 소리로 울어대며 그들의 잠을 방해했다. 그들은 지칠 대로 지쳤고 불안했다. 소리 없는 식물들도 그들에겐 적대적이었다. 그곳의 물은 그들을 천천히 죽음으로 몰고 갔다. 그들의 몸은 더러웠고 뱃속은 그들의 포도주 술통처럼 텅 비어 있었다. 그들은 고독을 견딜 수가 없었다. 너무나 심한 습기 때문에 화약이 썩기 시작했다. 대포는 논바닥의 진흙 속에 빠져서 요지부동이었다. 사이공의 문전에서는 농민들이 쇠스랑으로 무장한 채 그들을 기다리고 있었다. 그들의 수는 굉장히 많았다. 프랑스 사람들은 참혹하게 죽임을 당했다. 그들은 조국에서도 멀고 전쟁에서도 먼 곳에서 외로이 죽었다.

저희 황제를 쫓아내고 난 그 농민들은 조용하게 잘 살고 있었다.

군인들은 베트남을 이해하려고 노력하지 않았다. 이 점은 용서받을 수 없는 일이었다.

성직자들은 논 옆에 있는 마을에서 생활을 시작했다. 그곳은 바딘이라는 곳이었다. 베트남 사람들은 가난하고 행복했다. 그들은 논농사를 짓고 살았다. 카트린 수녀는 물을 가득 댄 들판의 색깔이 수시로 변하는 모습이 싫지 않았다. 아침이면 녹색 벼포기들이 새로운 하늘빛을 받아 불그레했다. 그리고 다시 햇빛이 비치면 그 펀펀한 풍경이 이상할 정도로 순정해지는 것이었다. 그렇지만 여자들은 계속하여 모를 냈다. 마침내 해가 넘어가고 어두운 녹색의 불안한 물이 무지갯빛을 발했다. 프랑스는 얼마나 멀리 떨어

져 있는가. 그곳에서 벌어지는 일들은 모두가 무의미
해졌다. 잘 이해하지도 못하는 베트남의 그 풍경들
가운데, 다스려지지 않은 대자연 앞에서 카트린 수녀
는 보잘것없는 존재였다. 그녀의 기도는 곧바로 핵심
을 향했고 이제 유혹 같은 것은 존재하지도 않았다.
세계는 속이 빈 조가비였다.

농사짓는 여자들의 도움을 받아 성직자들은 집을 한 채 지었다. 맨땅에 그냥 대나무로 세운 아주 단순한 집이었다. 집에서는 끔찍한 냄새가 났다. 대나무를 분뇨 속에 담가 보관했었기 때문이었다. 마침내 도미니크 수사와 그의 가족들은 그 안에서 살 수 있게 되었다. 집 안은 매우 더웠고 정오의 태양 아래서 물이 샜다. 그러나 그것은 하느님의 집이었다.

베트남 사람들은 프랑스 사람들을 좋아했다. 처음에는 그들이 쓰는 말씨가 이상하고 몸집이 어지간히도 크다고 느꼈다. 이윽고 길이 들었다. 서로 친구가 되었다. 미셸 수사가 배운 첫 마디 말은 '카몽'이었는데 고맙습니다라는 뜻이었다.

성직자들은 베트남 사람들의 일상적인 일을 돕기로 했다. 수녀들은 옷을 갈아입었다. 뾰족한 고깔 모자를 쓰고 들로 나갔다. 지칠 대로 지치고 등이 아프고 대낮의 밝은 햇빛 때문에 눈이 붉게 충혈되었지만 즐거웠다. 수사들은 마을의 남자들을 도왔다. 그들은 둑을 쌓고 출렁거리는 메콩 강을 건너는 뗏목을 만들었다. 그들은 유익한 존재가 되는 방법을 알았다. 오후에 일하는 것이 불가능해지면 도미니크 수사는 원하는 사람들에게 프랑스 말을 가르쳤다. 나이가 가장 많은 축의 베트남 사람들만이 왔다. 다음에 성직자들을 좋아하는 남자들과 여자들이 합류했다. 이번에는 성직자들이 베트남 말을 배웠다. 어려운 언어였다. 사람들은 마침내 서로 말을 주고받을 수 있게 되었다. 프랑스 사람들은 전쟁이 끝났다는 사실을 알게 되었다.

우옌 안은 여전히 시암에 가 있었다. 중국이 지원

하는 새로운 황제가 다스리고 있었다. 그래서 베트남
은 평화를 되찾은 것이었다.

몇 달이 지나자 프랑스 사람들은 그곳 풍토에 길이 들었다. 그들은 기쁨 속에 살고 있었다. 교리문답이 시작되었지만 아무도 오지 않았다.

어느 날 아침 도미니크 수사는 비가 억수로 쏟아지는 가운데 미사를 올렸다. 그는 흰 옷을 입고 두 팔을 하늘로 쳐든 채 서 있었다. 성직자들은 라틴어로 노래를 불렀다. 모두가 기도를 올렸다.

며칠이 지나자 교리문답은 더 성공적이 되었다. 그 까닭은 알 수 없었다. 베트남 사람들에게는 아마도 그들의 행복해하는 미소가 좋았던 모양이었다.

선교사들은 서로 잘 아는 사이였다. 수사 다섯 사람과 수녀 세 사람이 전부였다.

1790년 3월 어느 날 아침 멀리서 배 한 척이 나타나는 것이 보였다. 프랑스 국기를 달고 있었다. 기항한 기간은 짧았다. 프랑스 쪽 소식은 좋지 않았다. 혁명이 시작되었던 것이다. 신분적 특권이 폐지되었고 유럽의 여러 왕국들이 더 걱정스러워하고 있었다. 프랑스 사람들은 자기들이 먼 베트남에 외롭게 떨어져 있다는 것을 실감했다. 그들의 나라가 이제 더 그들을 보살펴주지 않고 있는 것이었다. 그들은 왕과 교회와 프랑스 백성들을 위하여 기도를 했다. 얼굴에 슬픔이 가득했다. 그 까닭을 베트남 사람들에게 설명해주지 않으면 안 되었다. 바로 그날 저녁으로 베트남 사람들은 프랑스 사람들을 불러 함께 식사를 했다. 배는 인도양을 향하여 다시 길을 떠났다. 또다시 프랑스가 아주 빨리 먼 곳으로 변했다.

선교사들은 활동적이어서 열심히 일했다. 교회 남자나 여자들 특유의 딱딱한 면이 없어졌다. 수녀들은 손에 끼고 있던 반지의 금을 녹여버렸다. 이제 수사들은 십자가를 달지 않았다. 그들은 저녁이면 자주 기도를 드렸다. 그들은 말을 많이 했다. 그들의 삶은 모두가 공동이어서 서로를 이해하는 법을 배웠다. 그들은 친구가 되었다. 그들은 각자의 성별을 잊은 채 하나의 커다란 방에서 다 같이 잤다. 겨울은 추웠었다. 끊임없이 비가 내렸던 것이다. 그들의 집 안으로 진창이 밀려들었다. 카트린 수녀가 병이 들어 자리에 누웠다. 목에 고통스러운 종기가 잔뜩 돋아났다. 무슨 병인지 알 수가 없었다.

베트남 사람들이 찜질을 해주었다. 수녀는 눈물을 흘렸다. 죽게 될까봐 두려웠던 것이다. 도미니크 수사가 그녀의 하얀 무명 블라우스의 단추를 끌렀다. 그는 난생처음으로 여자의 젖가슴을 보았다. 옷 속에서 풀려나온 젖은 하얗고 반드러웠다. 성직자는 그녀의 목에 약초즙을 적신 천을 붙였다. 그리고 기다렸다. 수녀의 얼굴이 편안히 휴식하고 있었다. 무거운 젖가슴에 진주처럼 땀이 맺혔다. 도미니크 수사는 성호를 긋고 나서 밖으로 나갔다.

V

성직자들은 베트남 농사꾼들처럼 살았다. 그들은
아침에 일찍 일어났다. 해가 아직 뜨지 않은 때였다.
그리고 짚멍석을 덮은 긴 나무판자 위에서 잠을 잤
다. 겨울에는 밤이 길고 춥게만 느껴졌고 여름엔 뜨
거웠다. 처음에는 멍석이 견딜 수 없을 만큼 딱딱하
게 배겼다. 그러고는 그것 나름대로의 좋은 점을 느
낄 수 있었고 길이 들었다. 모두가 같이 기도를 드렸
고 그리고 나서는 일을 하러 나갔다.

어느 날 아침 도미니크 수사가 마을의 촌장을 만났다. 그는 검은 나무지팡이에 의지한 채 그들의 집을 이리저리 훑어보았다.

"이름이 뭐지요?"

그가 베트남 말로 물었다.

"이름이 따로 없습니다."

"우리네 절은 다 이름이 있지요."

"이 집은 그저 하느님의 집이라고 합니다."

"존재는 무엇이나 다 하느님의 집이지요."

도미니크 수사는 잠시 생각에 잠기더니 말했다.

"우리가 사는 집은 평화의 교회라고 부릅니다."

노인은 알 듯 모를 듯한 미소를 지었다. 그러고는 만족한 표정으로 물러갔다. 도미니크 수사는 흐뭇했다.

프랑스 파견대는 우옌 안 섭정공이 왕위를 되찾도록 도와주기로 되어 있었다. 교회가 마지막 남은 무기가 되어 있다는 것이 도미니크 수사에게는 만족스럽게 여겨졌다.

정오가 되면 모두가 함께 들에서 검소한 식사를 했다. 그들은 쌀로 빚은 술에 습관이 되어 있었다. 수녀들은 그걸 마시면 어지러움을 느꼈지만 그 알코올은 힘이 나게 했다. 그들은 문 앞에 놓인 작은 벤치에 앉아 저녁 먼지 속에서 식사를 했다. 해가 빨리 졌다. 지평선과 오렌지빛 바다와 숲이 온통 벌겋게 타올랐다. 해는 서쪽의 산 너머로 사라졌다. 밤의 수런거리는 소리가 땅 위를 뒤덮기 시작했다. 고요한 논들에 하늘이 비쳤다. 숲속에서 짐승 우는 소리가 들렸다. 더위는 물러가지 않고 여전했다. 어떤 때는 모두가

다 같이 숨이 막혀 죽지나 않나 겁이 날 정도였다. 도
미니크 회 수사들은 두꺼운 무명 셔츠를 벗어버렸다.
웃통에 땀이 흘러내렸다. 수녀들 역시 입은 옷의 천
이 살에 들러붙는 것이 느껴지면서 조금씩 살갗이 쓰
렸다.

그들은 날로 새로운 것을 발견하는 재미에 심심한
줄을 몰랐다. 베트남은 멋진 나라였다. 처음에 그들
은 한 노파의 도움을 받았다. 노파는 공동의 식사를
준비해주었다. 성직자들은 '도이 두아'라고 부르는
젓가락을 사용하는 방법을 배웠다. 그들은 질그릇에
갈색 나는 밥을 담아 먹었다. 축제 날 저녁이면 여러
가지 요리를 처음으로 먹어보기도 했다. 때로는 바삭
바삭한 오렌지빛 번데기 튀김도 나왔다. 잔느 수녀는
바나나 나무 잎사귀로 번데기의 하얀 고치를 까서 찝
찔하고 미지근한 물 속에 던져넣었다. 크리스마스 때
노파는 그들에게 '차카'를 요리해주었다. 그것은 메
콩 강의 지류에서 잡는 물고기를 개기름에 익힌 것
이었다. 때때로 그들은 앓아눕기도 했다. 그러면 '포'

라고 하는 양 많은 국을 마셨다. 양파 줄거리와 연밥, 그리고 쇠고기를 넣고 끓인 빽빽한 수프였다. 모두가 그 나라를 좋아했다.

도미니크 수도회 사람들은 글을 읽을 줄 알았다. 그들은 열심히 글을 쓰고 읽었다. 그들은 현실을 떠나 그 세계 속에 파묻혔다. 카트린 수녀는 자신의 생각을 두꺼운 나뭇잎에 적어놓았다. 그녀의 일기는 긴 시와도 같았다. 그 속에서 자신의 새로운 생활을 이야기하는 것이었다. 거기에 그려놓은 풍경은 더할 수 없이 아름다웠다. 심지어 몸이 아플 때에도 저녁이면 모닥불 불빛 아래서 베트남에 관한 이야기들을 계속해서 써두었다. 그녀는 착하고 수가 많은 그 백성들과 끝도 없이 펼쳐진 논이 좋았다. 가끔은 자신의 나라와 가족들 생각도 했다. 그녀는 병정들이 하는 기도를 했다.

"하느님, 저에게 당신을 사랑할 힘을 주소서."

그녀는 그들의 공동 생활이며 도미니크 수사에 대한 칭찬의 말을 썼다. 그녀의 일기는 혼자서 생각에

잠길 수 있는 피정의 장소와도 같았다. 오직 하느님
만이 그걸 알아보시는 것이었다.

1792년은 끝이 없었다. 크리스마스 때부터 비가 오기 시작했다. 땅은 경작하기 쉬워졌다. 그래도 들에 나가지 않으면 안 되었다. 저녁에는 불가에 옹기종기 모여앉았다. 도미니크 수사는 멀찍이 떨어져 앉아 있었다. 그는 혼자 있는 것을 좋아했다. 그는 노랗게 바랜 두루마리 종이에 긴 편지를 썼다. 그 편지들이 까만 나무궤짝 속에 쌓였다. 이 선교사는 사이공에서 그리 멀지 않은 곳에 배들이 정박할 때면 그들에게 그것을 좀 전해달라고 맡겼다. 그런 배를 만나기도 점점 어려워졌다. 그 긴 글을 읽어줄 사람은 아무도 없을 것 같았다. 그는 선교 사업이 진척되어가는 상황을 생 마르탱 도브레의 수도원장에게 보고하는 것이었지만 그도 선교사 가족들도 편지를 읽게 될 것 같지 않았다. 날씨가 추운 달들이 무기력하게 길어지기만 했다. 어느 날 저녁 도미니크 수사가 아득한 고독감에 빠져 있을 때 카트린 수녀가 그를 찾아왔다. 그는 눈물을 흘렸다.

북부에서는 몇몇 예수회 사람들이 빈딘 지방에 복음을 전파한 적이 있었다. 그들은 모두 학살 당했다. 그들이 남긴 로마 글자 알파벳은 빠른 속도로 전파되었다. 중국의 표의문자는 자취를 감추었다. 오직 사원의 비석에만 한자들이 새겨져 남아 있었다. 이 무렵 바딘의 천주교 공동체는 베트남에서 가장 중요한 거점들 중 하나였다. 대다수의 농민들이 교인이 되었다. 도미니크 수사가 일요일마다 미사를 집전했다. 전통의 힘이 완강했지만 그는 하느님의 도우심을 느낄 수 있었다. 어떤 사람들은 복음서를 가르치기 시작했다. 이웃 마을에서 농민들이 찾아오기도 했다. 프랑스 사람들이 부지런히 일하고 항상 미소를 짓기 때문이었다.

선교사들은 프랑스 소식을 거의 듣지 못했다. 가끔 프랑스 사람 혹은 외국인 선교사가 배를 타고 와서 코친차이나에 닿기도 했다. 그러나 겨우 며칠을 머물다가 세일론이나 시암으로 다시 떠나는 것이었다. 그들에게 베트남은 인심 좋은 고장이 아니었던 것이다. 수사들과 수녀들은 그들을 통해 프랑스에 난리가 난 것을 알게 되었다. 그런 모든 것들이 그들에게는 얼마나 멀게만 느껴지는지 몰랐다! 이런 소식들은 과거의 산발적인 그림자에 불과했다. 그들의 세계는 이제 달라져버린 것이었다.

그들은 베트남 말을 했지만 따로 떨어져 지냈다. 다른 점이 너무나 많았던 것이다. 고독한 생활 속에서 그들은 자신들의 마음속을 헤아려보는 방법을 배웠다. 마음속에서 일어나는 욕망이 점점 더 줄어들었다. 프랑스의 여러 도시들에서 벌어지는 소란이 그들에게는 공연한 짓거리로만 여겨졌고 외관의 세계가 부질없어 보였다. 자신들 내면의 새로운 그 무엇을 분간하지는 못한 채로나마 성직자들은 자신들이 가장 본질적인 것에 가까워지고 있음을 느낄 수 있었다. 그들은 집착을 버리고 초연해지는 것을 배웠다.

그들은 이룰 수 없는 희망 같은 것은 품지 않고 살았
다. 처음으로 주교님들의 손가락에 낀 반지에 입맞추
지 않아도 되었다. 법복은 침침한 색깔이었고 라틴어
는 어려웠다. 그들은 프랑스 말로 기도하는 것을 가
르쳤다. 그들은 이 겸허한 농부들 속에서 하느님을
사랑했다.

4월이 되었다. 다시 더위로 숨이 막혔다. 그들의 손이 축축해졌다. 입은 옷을 매일 빨지 않으면 안 되었다. 그들은 점점 더 가벼워졌다. 밤공기가 너무나 습해서 결국은 천으로 몸을 가리는 시늉만 한 채로 잠이 들게 되었다. 여자들의 경우, 성직자 특유의 그 평퍼짐한 엉덩이살이 다 빠지고 없었다. 들에서 하는 일이 너무나 고되었던 것이다. 여느 베트남 여자들과 마찬가지로 고깔 모양의 모자를 쓰고 베일로 얼굴을 가린 잔느 수녀의 얼굴은 어지간히도 창백했다.

과일을 구해올 필요가 있었다. 그들은 길쭉한 한을

발견했다. 한이란 송이송이를 엷은 껍질이 싸고 있는 투명한 과육의 작은 알갱이들이었다. 길쭉한 한은 신선해서 갈증을 다스려주었다.

수사들의 얼굴은 서서히 초췌해져갔다. 도미니크 수사의 뚱뚱하던 배가 들어갔고 수염에 이가 끓어서 면도를 하지 않으면 안 되었다. 카트린 수녀는 아름다웠다. 사람들의 시선이 자꾸만 그녀의 몸으로 갔다. 그 노인이 말했었다.

"각각의 존재는 하느님의 집이지요."

온갖 고난에 부대꼈지만 대책이 없었다. 푸른 대나무에서 떨어진 벌레들이 스멀스멀 기어다닌 곳에는 살이 썩었다. 그걸 치료하는 법을 배웠다. 새벽에 메콩 강의 미지근한 물에 들어가 목욕을 했다.

부활절이 다가오고 있었다. 대축일 미사를 올릴 수가 없었다. 회오리바람이 몰아친 것이다. 마을이 황폐해졌다. 집들이 쓰러졌다. 들에는 벼가 모두 바람에 맞아 넘어졌다. 모를 다시 심지 않으면 안 되었다. 하늘은 여전히 짙은 회색으로 물들어 있었다. 세상엔 침묵뿐이었다. 대자연이 불안한 모습으로 기다리고 있는 것 같았다. 선교사들은 기도를 올렸다. 오직 큰 나무들만이 술렁거리는 소리를 내는 듯하더니 이윽고 난바다에서 불어온 바람에 우지끈 부러졌다. 멀리서 바다가 으르렁거렸다. 거센 비가 내리기 시작했다. 도미니크 수사는 부활절 대미사를 집전하지 않았다. 모두 각자의 배에서 혹은 들에서 일을 했다. 베트남 사람들은 체념한 채 밀어닥친 운명을 감수했다. 프랑스 사람들도 지혜를 발견해가고 있었다.

계속하여 교육을 시키지 않으면 안 되었다. 빠른 속도로 바딘은 다시 행복한 마을로 변했다. 도미니크 수사는 떠나기로 결심했다. 바딘 마을은 너무 작았다. 다른 수사들은 떠나지 않고 그냥 남아 있겠다고 했다. 그들은 베트남과 그 조용한 마을이 좋았다. 산길이 막혔을까봐 겁이 나기도 했다. 도미니크 수사는 아주 오래 전에 피에르 피뇨 드 브레엔을 알았었다. 그는 그분이 원했던 바가 무엇인지 알고 있었다. 그래서 더욱 철저하게 복음을 전파하고 싶었던 것이다. 그는 걸어서 북쪽으로 떠나기로 결심했다.

아직 하늘이 푸른 새벽에, 그는 저 멀리 안남의 산맥들과 한데 뒤섞여 구별이 잘 안 되는 들판을 알아볼 수 있었다.

동행해주겠다는 안내인을 하나 찾아냈다. 타슈라

고 불리는 사람이었는데 프랑스 말을 약간 할 줄 알았다. 마을 사람들은 그들에게 감사했다. 미셸 수사와 카트린 수녀가 도미니크 수사와 함께 떠났다. 그들은 성경책과 몇 권의 다른 책들, 작은 고리짝들 그리고 식량을 가지고 길을 나섰다.

그들은 아침에 출발했다.

VI

베트남에 와 있는 프랑스 선교사들은 루이 16세의
죽음을 까맣게 모르고 있었다. 사이공에 기항했던 배
들을 통해서 그들은 프랑스가 위기에 처해 있다는 사
정을 알고는 있었다. 1792년 크리스마스 이후에는
그런 배들마저 더 오지 않았다. 유럽의 여러 나라들
이 큰 고통을 당하고 있었던 것이다. 처음엔 수사들
과 수녀들도 불안한 마음을 금할 수가 없었다. 아무
것도 모르고 있다는 것이야말로 가장 못 견딜 일이었
다. 그들은 조국의 사정을 상상할 수 없었다. 1793년
은 단 한 척의 배도 사이공에 와 닿은 적이 없는 일

년이었다. 그들은 자신들이 잊힌 존재가 되고 말았다는 것을 깨달았다.

프랑스에서는 1791년부터 줄곧 혼란이 계속되고 있었다. 평민 복장으로 변장하고 도망치던 왕이 바렌에서 붙잡혔다. 파리에는 국민병이라는 군대가 생겼고 시장이 임명되어 있었다. 성직자 자신들도 편이 갈라져 있었다. 도처에서 언론이 발전되었다. 파리의 거리들에서는 사람들이 『민중의 동무』라는 신문을 큰 소리로 읽었다. 대대적인 개혁 작업이 이루어지고 있었다. 사투리가 사라지기 시작했고 미터법이 생겨났다.

베트남은 평온과 망각 속에 잠긴 채 살아가고 있었다. 프랑스는 불안에 젖어 있었다. 정부는 허약했다. 모든 사람들이 전쟁을 원했다. 지롱드 당은 대혁명을 전파하고자 했다. 왕은 외국의 왕들이 승리하기를 바랐다. 여러 나라들이 동맹을 맺었다. 프랑스는 헝가리 왕국에 대하여 선전포고를 했다. 루제 드 릴은 군가를 작곡하여 사람들의 가슴에 불을 댕겼다.

1792년 8월, 파리에서 폭동이 일어났다. 루이 16세가 폐위되었다. 이제 막 국민의회가 출범했다. 세월이 변했고 여러 계절이 꽃을 피웠다. 공화국 원년이 되었다.

공안위원회가 나라를 공포 속에 몰아넣었다. 루이 16세의 목이 잘렸다. 기요틴이 쉴새없이 작동했다. 나라 밖의 동맹국들이 격퇴되었다. 발미 전투에서 승리를 거둔 것이었다.

프랑스의 서부 지방에서는 삼백여 명의 장정들이 무더기로 징집당했다. 가톨릭교가 박해당하기 시작했다. 신부들은 쫓겨다녔고 성직자들이 추방되었다. 적들과 내통한다는 혐의를 받은 것이었다. 교구의 신자 명부가 불태워졌다. 호적부라고 하는 두꺼운 장부가 그것을 대신했다. 종교 미술품들이 파괴되었다. 교회들은 유흥장으로 변했다. 거기서 질탕한 잔치판이 대대적으로 벌어졌다. 하느님을 모시던 제단 위에서 벌거벗은 여자들이 뭇 남자들의 욕망에 몸을 맡기는 광경을 볼 수 있었다. 1793년 3월, 신성모독과 고통을 더 견디지 못한 방데 지역 사람들이 들고일어났다. 그곳에서는 공화국 군대가 그리 많지 않았고 조직도 엉성했다. 그래서 패배했다. 천주교 및 왕당파 군대가 앙제를 점령했다. 그러나 낭트와 숄레의 문전에서 패배했다. 젊은 오슈 장군이 난을 진압하는 임무를 맡았다. 1794년 겨울은 끔찍했다.

파견선을 보내는 일을 위하여 피에르 피뇨 드 브레엔 주교를 도왔었던 후원자들은 부자들이었다. 그들은 프랑스를 떠나 이웃의 왕국들로 가버렸다. 그 중 몇은 처형당했다. 그들의 재산은 몰수되었다. 성직자 조직은 해체되었다. 서열이 없어졌고 옛 추억은 희미해졌다. 십오만 에퀴에 달하는 거액이 회수할 길 없어져버렸다. 아무도 그 일에 대하여 자랑스럽게 말하는 이가 없었다. 어디나 대혼란이었다. 교통이 두절되었다. 대서양에 면한 항구들은 영국 왕실의 해군에 의하여 봉쇄되었다. 라 로셸 항구의 부두에는 닻줄들이 쓸쓸하게 감긴 채 버려져 있었다. 저마다 살아남을 궁리만 했다. 지난 일을 알고 있는 사람들은 이제 베트남 생각을 하지 않았다. 생각이 떠올라도 얼른 잊어버리려고 애썼다. 코친차이나의 성직자들은 그저 모험꾼들에 불과한 것이었다.

VII

생 마르탱 도브레는 방데 지방에 있는 수도원이었
다. 바닷바람이 거세게 몰아치는 회색 돌집 몇 채가
낡은 건물에 잇닿아 있었다. 그것은 11세기 때 지은
어둡고 나직한 교회였는데 그 한 귀퉁이에 수도원이
있었다. 수도원은 춥고 텅 비어 있었다. 거기에는 두
꺼운 돌쩌귀 달린 문을 꽁꽁 닫아놓은 수많은 방들이
있었다. 이제 생 마르탱 도브레에 살고 있는 수도사
는 별로 없었다. 기껏해야 열 명쯤이 고작이었다. 수
도원장은 노인이었다. 그는 앞을 보지 못했다. 그래
서 건장하고 글을 읽을 줄 아는 몇몇 젊은 수사들이

도와주고 있었다. 프랑스의 수도원 사람들은 들에서 일을 해서 연명했다. 꿀이나 달콤한 리쾨르를 생산했다.

그러나 생 마르탱 수도원은 바다의 소금기가 휩쓸려오는 곳이었다. 그곳의 들에는 야생 히스만 뒤덮여 있었다. 하늘빛 돌멩이들이 흩어져 있는 희미한 흙길을 오랫동안 따라가면 이르게 되는 곳이었다. 경작이 불가능한 그 평원을 지배하는 것은 고난뿐이었다. 그곳에는 시간도 흐르지 않고 멈춰 있었다. 그러나 생 마르탱은 마음속으로 바다 저 건너쪽을 항해해가고 있었다. 수사들은 낮에는 무거운 장부에 코를 박고 작업을 했다. 저녁기도를 마치면 그들은 화덕 앞에서 미지의 땅들에 대하여 꿈을 꾸었다. 수도원에는 도미니크 수도회 수사들의 비밀이 간직되어 있었다. 여러 선교단들의 파견 사실과 아울러 거기에 투입된 재산 내역이 기록, 보관되어 있었다. 교회 당국은 이렇게 하여 그들의 선교사들이 어디서 복음을 전하고 있는지 알고 있었다. 그들의 숫자도 파악하고 있었고 펼

치고 있는 포교 사업의 진척 상황도 알고 있었다. 그
것은 진절머리나는 일거리였지만 꿈을 꾸는 데는 알
맞은 것이었다.

선교 사업은 규모가 큰 일이었다. 피에르 피뇨 드
브레엔의 선교 사업은 그만큼 중요한 것은 못 되었
다. 그 일에는 신경을 별로 쓰지 않았다. 입수된 정보
들은 서로 앞뒤가 맞지 않았다. 실종된 성직자들을
위하여 베르사유에서 미사를 올렸었다. 그런데 그 선
교사들은 얼마 후 베트남에 상륙했다. 이제는 도미니
크 수도회 수사들 자신도 동방에 파견된 선교사들의
수를 알지 못하고 있었다. 1792년 이후 생 마르탱 수
도원은 그들의 선교 사업의 진척 상황을 더 기록하지
않고 있었다.

여러 해 동안 바다를 건너 서신이 오고 갔었다. 선교사들은 그들의 명령에 따라 편지를 보냈다. 가지가지 편지들이 브라질에서, 세일론에서, 아메리카에서 왔다. 베트남에서 오는 편지는 드물었다. 도미니크 수사의 글들은 배에 실려가는 동안 습기에 젖어 썩어버린 것이었다. 그 성직자들은 기도 속에서도 금방 잊혀버렸다. 그들의 존재는 얼마 안 되는 편지들 속에 요약되어 있었다.

1793년 6월 국민군이 수도원에 나타났다. 그들은 도미니크 수도회의 고문서를 압류하려 했다. 떡갈나무 대문은 굳게 닫혀 있었다. 사령관이 도착하기만 기다렸다. 마침내 그가 도착하여 이야기를 좀 해야겠다고 말했다. 농민들이 쇠스랑으로 무장하고서 인근의 들을 떠났다. 싸움이 시작되었다. 단총들이 불을 뿜었다. 수도사들은 수도원 안에서 기도를 올렸다. 마침내 국민군이 안으로 밀고 들어왔다. 그들은 송진에 불을 붙인 커다란 횃불들을 손에 들고 있었다. 고문서를 보관한 방의 문짝들이 부서졌다. 가죽으로 된 무거운 명부들에 불을 질렀다. 바람을 받아 불꽃은 거세게 타올랐다. 화재는 밤새도록 계속되었다. 허연 불꽃들이 배의 현등처럼 하늘로 치솟았다. 성직자들은 말없이 그 불등걸을 바라보면서 세상 저 끝에 가 있는 그들의 형제를 생각했다. 그들은 고립무원이었다.

여름 동안 줄곧 그런 사건들이 연이어 일어났다. 생 마르탱에서는 여러 해에 걸쳐 주고받은 서신들과 고문서들이 사라져버렸다.

새벽에 여자들과 농부들이 찾아와 성직자들을 도왔다. 타다 남은 몇 가지 명부들을 구해보려고 했다. 남은 것은 거의 없었다. 그 육중한 건물이 무너져버린 것이었다. 수도원의 해묵은 돌들만이 버티고 서 있었다. 거기서 시커먼 연기가 아직도 뿜어나왔다. 수도원의 얼마 안 되는 서신들을 겨우 건질 수 있었다. 명부의 페이지들은 시커멓게 그슬리거나 타버린 채였다. 이리하여 방데의 춥고 증오에 찬 어느 날 밤, 교회 당국은 베트남에 복음을 전하러 떠난 프랑스 성직자들을 영원히 잊어버리게 되었다.

빈트리티엔 지방은 1800년에 함락되었다. 우옌 안 섭정공이 같은 해에 황도(皇都) 후에의 주인이 되었다. 그는 다시 베트남을 지배하고 있었다. 여러 해 동안 망명 생활을 하다가 자신의 나라로 돌아온 것이다. 그는 극도로 잔인한 고문 방법을 새롭게 고안해냈다. 아침이면 가끔 사이공에서 그리 멀지 않은 곳에서 온 몸이 발기발기 찢어지고 얼굴이 없는 시체들이 발견되었다. 그는 자신의 지지자들을 무장시켜놓았다. 그는 마음이 쓰라렸다. 그의 아들은 가족과 조국에서 멀리 떨어진 세상의 저 끝에서 죽은 것이다.

프랑스는 그를 돕지 않고 버렸다. 그는 허리 굽혀 그들의 지원을 청했던 것을 후회하고 있었다. 그는 선교사들이 그의 나라에 복음을 전파하도록 허락해주지 않았던가. 우옌 안은 메콩 강의 지류 사이에 펼쳐진 채 하늘이 비쳐 번쩍거리는 논들을 다시 보았다. 그는 눈물을 흘리면서 조상들을 생각했다.

그는 바딘에 도미니크 수도회 사람들이 와서 살고 있다는 것을 알게 되었다. 그는 그 교단의 규모가 상당히 큰 것으로 생각한 나머지 복수를 할 마음을 먹었다. 그는 자기 사람들을 이끌고 출발했다. 사이공에서는 그런 규모의 원정에 놀라움을 금치 못했다. 그들은 마침내 바딘에 도착했다. 농부들은 논에 나가 있었다. 논에 나가지 않고 있던 사람들은 도망쳤다. 속수무책이었던 것이다. 그날 아침, 도미니크 수도회 사람들은 기도를 올리고 나서 복음서를 읽고 있었다. 남김없이 다 학살 당했다. 잔느 수녀는 강간당했다. 우옌 안은 구태여 그들의 책을 불태우는 수고를 할 필요가 없었다. 농부들이 나중에 그 일을 맡아서 했다. 시체들은 같은 구덩이 속에 던져졌다. 그 이튿날 구덩이를 흙으로 덮었다. 평화의 교회는 철거되었다. 우옌 안은 선교사들의 수가 얼마 되지 않는 것을 보고 의아해했다. 그는 자기 부하들이 거칠게 덮쳐서 범한 여자의 금발이 마음에 들었었다.

그 며칠 전에 카트린 수녀와 도미니크 수사, 그리고 미셸 수사는 그 나라의 중부 안남으로 떠나고 없었다.

VIII

    그들은 목제 연락선을 타고 메콩 강을 건넜다. 배는 편편하고 네모난 것이었다. 한 사내가 긴 장대를 강물 속에 깊숙이 찔러넣으면서 방향을 찾아 배를 밀어가고 있었다. 그 지류는 진흙탕물이었다. 세 사람의 성직자는 갈대와 야생의 잡초에 파묻힌 북쪽 기슭이 천천히 가까워오는 것을 보았다. 물은 벌겋고 잔잔했다. 타는 듯한 하늘에 눈이 부셨다.

    그들은 다른 농부들 속에 섞여 도착했다. 몇몇 사람들은 자기네 물소를 데리고 강을 건넜다. 아이들은 어머니 등에 업힌 채 몸부림을 쳤다. 카트린 수녀, 미셸 수사, 그리고 도미니크 수사는 뙤약볕 속에서 기다렸다. 강을 건너는 데는 불과 몇 분밖에 걸리지 않았는데도 끝이 없는 것만 같았다. 남쪽 기슭이 멀어져가면서 그쪽의 수선스러운 소리도 사그라들었다. 북쪽 기슭은 고요해 보였다. 어느 것 하나 움직이는 것이 없었다.

그들은 진종일 말없이 걸었다. 세 사람의 성직자는 무표정하게 느린 숨을 몰아쉬며 가는 안내인을 따랐다. 저마다 자기 생각에 파묻혀 있었다. 처음에 그들은 슬픔에 잠겨 있었다. 오랫동안 함께 살았던 사람들이 바딘에 그냥 남아 있기 때문이었다. 그리고 피곤 때문에 차츰 아무 생각도 할 수 없게 되었다. 안내인 타슈는 이따금 옛 표의문자가 새겨진 오(吳) 왕조 때의 비석을 손가락으로 가리켜 보였다. 어떤 것에는 하늘과 땅의 표상인 당초무늬가 희미하게 새겨져 있었다. 숲속에서는 습기로 인하여 파손된 채 칡넝쿨에 감겨 있는 무거운 돌들을 발견할 수 있었다. 거기에는 지혜가 가득한 말들이 새겨져 있었지만 판독하기 어려운 상태였다. 도미니크 수사는 인간과 물질의 이같은 조화로움을 사랑했다.

그는 오랫동안 생각에 잠겼다. 그에게는 모든 것이 다 손쉬워 보였다. 바딘의 베트남 사람들은 기독교와 그 종교가 전하는 평화의 메시지를 기꺼이 받아들였었다. 그러나 그러면서도 여전히 거북이니 일각수니 용이니 하는 것들을 섬겼다. 불멸과 은총의 상징인 불사조를 기리는 축제를 음력에 따라 거행했다. 집에서는 조상을 섬겼다. 봄의 축제 후 육십 일 동안에는 다시 순수한 빛의 밤을 기리는 축제를 가졌다. 죽은 자들과 산 자들이 마치 낮과 밤인 양 거기서 다시 만나게 되는 것이었다. 도미니크 수사는 회의적이었다. 농부들은 복음서를 경청했다. 그리고 여전히 계속하여 그들의 옛 신들을 믿었다. 베트남은 어느 것 하나 버리지 않은 채 다 간직했다. 그래서 모든 것이 영원 속에서 한데 뒤섞였다. 존재들은 논 위를 불고 지나가는 바람처럼 지나갔다. 논에 심어놓은 벼가 그 즐거운 푸른색으로 허리를 굽혔다.

풍경이 변했다. 숲은 서로 뒤엉킨 칡넝쿨들로 꽉 막히고 이상한 나뭇잎에 뒤덮여 있었다. 땅바닥은 질 퍽했다. 미지근하고 향기가 퍼지는 물, 보이지 않는 긴 나무뿌리들이 꼬여 있는 물속을 걷고 있었다. 메 콩 강을 건너고 나자 논이 사라지고 정신없이 자란 초목의 세계였다. 안내인 타슈는 그 두꺼운 초록의 세계에서 한 번도 길을 잃는 법이 없었다. 빽빽한 짜 임새는 늘 똑같았다. 뒤엉킨 칡넝쿨과 용수(榕樹)들 이 끊임없이 뻗어 있었다. 그로 인한 지겨움은 끝이 없었다. 커다란 나무들의 넓적하고 무거운 잎새들 사이로 햇빛이 간신히 뚫고 들어왔다. 햇빛으로 인하여 숨막힐 정도로 후텁지근해진 습기가 그 속에 가득 차 있었다. 옛날에 카트린 수녀가 베르사유 궁전의 거대한 온실을 찾아갔을 때 느꼈던 그 습기와 비길 만한 것이었다.

불과 며칠 만에 그들은 기진맥진해졌다. 그들은 반성이라든가 기도라든가 하는 것에는 정신을 쏟을 여력이 전혀 없어서 까마득히 잊어버린 상태였다. 그들은 비틀거리며 쓰러지지 않으려고 애를 썼다. 숲이 중얼거리는 듯한 소리를 내며 그들을 포위했다. 알 수 없는 맹수가 그 속에 살고 있는 모양이었다. 커다란 구렁이들이 대나무 줄기들을 타고 기어내려왔다. 멀리서 덩치 큰 두꺼비들이 우는 소리가 들렸다. 이십여 일을 걸어간 끝에 어느 날 저녁, 하늘에 총총한 별들이 다시 돋아났다.

미셸 수사가 병에 걸렸다. 무슨 병인지 잘 알 수가 없었다. 안내인이 풀을 뜯어서 약을 만들어주었다. 아무런 효험이 없었다. 그는 두 팔을 축 늘어뜨리더니 기다리기 시작했다. 그 선교사는 아픔을 느끼지 않았다. 그는 더 걸을 수가 없었다. 어떤 알 수 없는 원기 부족 현상으로 그의 두 다리가 마비되었다. 하는 수 없이 일행들이 그를 자리에 눕혔다. 하루 종일 카트린과 도미니크는 그의 얼굴의 땀을 닦아주었다. 미셸 수사의 몸에 열이 있었다. 전신이 펄펄 끓었다. 저녁이 되자 그는 끝없이 중얼거렸다. 아무것도 기억하지 못했다. 이따금 정신이 들어 동료들을 알아보기도 했다. 그들은 함께 기도했다. 그는 그 어떤 방법으로도 끄집어낼 수 없는 고독 속에서 길을 잃어버린 것 같았다. 미셸 수사는 이제 살아날 가망이 없다고 타슈가 그들에게 말했다. 그는 그것이 습지열병이라는 것을 알아차린 것이었다. 그들은 기나긴 며칠 밤을 기다렸다. 나흘째 되던 날 밤 미셸 수사는 숨을 거두었다. 그들의 기도는 쓰라린 것이었다.

아침에 그들은 길을 떠났다. 오렌지빛 들판은 고요했다. 순간들이 느리게 지나가고 있었다. 거의 찬 기운이 도는 가벼운 바람이 바나나 나무의 잎사귀들을 스치며 불었다. 그들은 먹을 수 있는 과일들을 찾아냈다. 타슈는 두 갈래 난 헝겊 배낭에 긴 한을 따서 가득 채웠다. 도미니크 수사는 돌 위에 앉아서 성서를 읽고 있었다. 축축하게 젖은 책의 페이지들이 힘없이 구겨져서 한데 달라붙어 있었다. 그는 큰 소리로 성서의 구절을 낭송했다. 문득 그가 성서 읽기를 멈추었다. 북쪽의 안개가 걷히면서 시커먼 덩치의 산맥이 그 모습을 드러내기 시작했던 것이다. 카트린 수녀도 그쪽을 바라보았다. 얼굴에 미소가 떠올랐다. 어서 그곳으로 가서 서늘한 공기와 짚으로 엮은 멍석 위에 앉아 쉬고 싶은 생각이 굴뚝 같았다.

그들은 한 번도 미셸 수사 이야기를 꺼내지 않았다. 그들은 둘 다 온갖 병들이 자신들을 위협하고 있다는 것을 알고 있었다. 그들은 서로 말을 주고받았다. 산에 가까워지면서 습기도 덜해졌다.

"도미니크, 우리는 진정으로 바딘의 농사꾼들을 개종시킨 것일까요?"

"나도 오랫동안 그 생각을 해봤어요, 카트린. 그들은 우리가 들에서 하는 일과 당신의 미소 안의 하느님을 사랑하고 있었던 거예요. 그들이 과연 하느님만을 사랑했는지는 알 수 없지만요."

타슈는 저 앞에서 걸어가고 있었다. 도미니크 수사는 그의 과거에 대하여 이야기했다. 카트린은 하루 종일 그의 이야기에 귀를 기울였다.

그들의 몸은 바짝 말라 있었다. 그들의 눈빛 속에

는 피곤이 가득했다. 1793년 9월 안내인은 그들에게 바위들이 둥그렇게 테를 두르고 있는 곳을 손가락질해 보였다. 그것은 옛날에 틍 화산이 폭발했던 곳으로, 지금은 그 분화구 속에 에메랄드빛의 물이 가득히 고여 호수를 이루고 있었다. 물은 신선하고 깨끗했다. 그들은 그곳에서 며칠을 휴식했다. 저녁이면 산꼭대기의 둥그렇게 무뎌진 정상들이 하늘을 어두운 망각으로 덮었다. 가득한 달빛을 받아 호수의 물이 반드럽게 빛났다. 침묵이 거의 무서움을 자아낼 정도였다. 타슈는 자고 있었다. 도미니크는 잠시 자리를 비운 채 어디론가 가고 없는 카트린 때문에 불안했다. 그녀는 좀체 돌아오지 않았다. 그는 자리에서 일어나 그녀가 앞서간 시커먼 돌밭길을 따라갔다. 몇 분 동안 걸어가고 나자 분화구의 안쪽 측면 경사가 완만해졌다. 물이 덜 깊어 보였다. 그는 카트린이 벌거벗고 있는 것을 보았다. 그녀가 벗어놓은 옷은 옛 용암이 식어서 된 돌 위에 놓여 있었다. 카트린은 물속에 발목을 담근 채 서 있었다. 그 여자는 잔잔한

물 속으로 들어가는 중이었다. 그녀의 몸이 거기에 길쭉하고 하얗게 비쳤다. 그녀는 천천히 몸을 수그리더니 그냥 그대로 있었다. 그리고 다시 젖은 몸을 일으켰다. 그녀가 멀게만 보였다. 그는 호수 안으로 걸어들어갔다. 도미니크는 어둠을 통하여 길게 누운 그녀의 몸의 윤곽을 분간할 수 있었다. 그 여자의 몸은 호리호리했다. 분화구의 찬물 속에서 그녀는 행복해 보였다. 그는 그녀가 사라진 줄로만 알았다. 그녀는 마치 하늘의 그림자에 녹아든 듯이 가만 누워 있었다. 도미니크는 돌길을 걸어서 돌아왔다.

그들은 퉁 화산을 떠났다. 북쪽으로 조금 걸어가니 지아라이 콘툼의 거대한 고원이 시작되었다.

도미니크는 서른한 살에 프랑스를 떠났었다. 그는 아메리카로 갔다. 그곳에서는 전쟁이 한창이었다. 그는 그 이야기를 별로 하지 않았다. 그는 아직도 서인도의 사르가소 바다를 오랜 동안 건너지르던 일을 기억했다. 그들의 배는 기항할 수 없었다. 각자 알아서 대처하는 수밖에 없었다. 아메리카에 대한 것으로 그는 하얀 풍경들에 대한 기억을 지니고 있었다. 겨울이면 여러 달 동안 눈이 내렸었다. 그는 가끔 그 추운 과거의 겨울을 꿈속에 보았다. 교단의 수는 아주 많았다. 그는 프랑스 사람들이 사는 시골로 갔다. 퀘벡은 불그레하고 우울한 색조로 뒤덮여 있었다. 그는 그곳에서 이 년 동안 교리문답을 가르쳤다. 그는 자신이 별로 유용한 존재가 아니라고 느꼈다. 그는 프랑스로 돌아왔다. 라 로셸에서 피에르 피뇨 드 브레엔이 코친차이나로 떠나는 파견대를 조직하고 있다는 말을 들었다. 그래서 그는 배에 올랐다.

그들은 콩라이로 들어갔다. 나뭇가지와 진흙으로 지붕을 덮은 오두막집들의 마을이었다. 여름이면 억수로 쏟아지는 비에 오두막은 그대로 녹아서 무너졌다. 도미니크는 마침내 걸음을 멈추기로 했다. 그는 타슈에게 감사하다고 말했다. 타슈는 다시 코친차이나로 떠났다. 마을의 농부들은 성직자들을 정중하게 맞아들였다. 그들이 베트남 말을 하기 때문이었다. 그런데 그들은 베트남 말을 알아듣지 못했다.

저녁이 되어 그들은 마을 어귀에 있는 한 오두막에서 잤다. 푸른 벼와 연밥 냄새가 났다. 도미니크와 카트린은 새로운 삶을 발견했다. 마을은 어떤 오두막을 중심으로 정돈되어 있었다. 여자들은 옷차림이 달랐다. 그들은 머리에 칙칙한 빛깔의 띠를 두르고 있었다. 기다랗고 하얀 담뱃대로 담배를 피우는 사람들이 많았다. 그들의 옷은 길고 검은 색이었다. 카트린도 추위를 견디기 위하여 그런 옷을 하나 입었다. 겨울이 다가오고 있었다. 도미니크는 지아라이 사람들과 같이 일을 했다. 그는 그들을 도와서 강낭콩을 가

꾸고 돼지 먹이를 주었다. 그는 큰 소리로 코끼리를 몰아가며 쟁기로 논을 갈았다. 온 사방으로 바람이 스며들었다. 그들이 얻어쓰게 된 오두막집 안에는 하루 종일 불이 타고 있었다. 그들은 바딘에서보다도 더 잘살았다. 도미니크는 농부들과 같이 산돼지 사냥을 했다. 그러나 말할 수 없을 만큼 외로웠다. 그들은 모든 것을 다시 배우지 않으면 안 되었다. 이곳 말은 베트남 말보다 더 어려웠다. 특유의 억양법에 더하여 구문도 달랐다. 산에 사는 사람들은 그들을 마음씨 좋게 맞아주었다. 그러나 고되게 일을 하고 나서는 그들을 외롭게 홀로 남겨놓는 것이었다.

저녁에 도미니크와 카트린은 기도를 하는 둥 마는 둥 했다. 그들은 서로 말을 나누고 싶은 욕구를 느꼈다. 그들은 프랑스 말을 했고 지내온 삶과 추억들을 이야기했다. 도미니크는 책을 몇 권 지니고 왔었다. 종종 그는 큰 소리로 페트라르카의 14행 시들과 호메로스의 『일리아스』를 읽었다. 겨울의 추위 속에 하루하루가 이어져 흘러갔다. 1월이 되자 비가 오기 시작했다. 가느다란 안개비가 고원을 뒤덮었다. 영원히 그칠 것 같지 않았다. 허연 구름들이 가까운 산들을 밑바닥부터 끊어놓고 있었다. 어느 것 하나 습기

에 젖지 않은 것이 없었다. 습기는 그들의 고독한 몸
을 적셨다.

IX

겨울은 여러 달 동안 계속되었다. 5월이 되어서야
비로소 해가 났다. 낮게 떠 있던 구름은 걷혔다. 하늘
이 푸르러지면서 대지를 뜨겁게 달구기 시작했다. 산
들이 더할 수 없이 아름다웠다. 더위는 사이공에서보
다는 덜 지독했다. 미풍이 불어 공기가 맑게 씻겼다.
안남에는 절대로 회오리바람이 불어오는 법이 없었
다. 회오리는 산 위에서 허물어지고 소란스럽게 바람
으로 풀려서 고개와 골짜기들로 몰려들어갔다. 그럴
때면 하늘이 어두워졌다. 버림받았다는 느낌을 가눌
수 없었다. 농부들은 자기네 오막살이 마을들에 따로

떨어져 있어서 별로 눈에 띄지 않았다. 큰비가 오려고 할 때는 어둡고 초록빛 나는 산의 면이 불안감을 자아냈다. 모두 숲가에나 짚과 진흙으로 지은 헛간으로 몸을 피했다.

봄이 오고 또 여름이 왔다. 새로운 계절들은 카트린과 도미니크에게 기쁨을 가져다주었다. 자연은 싱싱했다. 골짜기들은 코끼리떼와 엄청나게 큰 풀들이 들어차서 아주 이상야릇한 풍경으로 변했다. 밝은 빛이 되살아났다.

카트린 수녀는 아직 젊었다. 그녀는 1760년 보르도 근처에서 태어났다. 그녀는 주황색 돌들, 자유로운 공간, 그리고 태양에 대한 사랑을 간직했었다. 얼굴은 언제나 창백했다. 그녀는 스무 살 때 수녀원에 들어갔다. 누가 강요한 것은 아니었다. 소명을 느꼈던 것이다. 그 여자는 사람의 영혼을 진정시키고 몸을 돌볼 줄 알았다. 카트린은 여러 해 전부터 수도원의 그늘진 회랑을 따라 걸어다녔다. 닫힌 공간에 진력이 났던 것이다. 그녀의 눈에 수녀들은 메마르고 슬프게만 보였다. 그래서 떠났다. 여자 선교사를 원하는 곳은 어디에도 없었다. 우윳빛 안색으로 미루어 허약할 것이 뻔했다. 피에르 피뇨 드 브레엔이 그녀를 맞아서 받아주었다. 그 여자는 비록 내성적이기는 하지만 성격은 강했다. 여자들이 끼어 있으면 베트남 사람들도 안심을 할 것이었다. 그녀는 생폴 호를 타고 떠났다. 그녀는 순수했고 생각이 깊었다. 그녀의 생활은 은밀했고 헌신은 소리가 나지 않았다. 도미니크와 있을 때도 그 여자는 귀를 기울여 새겨듣는 편이었다. 카트린은 그의 열의와 열정을 좋아했다. 그녀의 신앙심은 겸허했다.

여러 달이 지나고 여러 해가 지났다.

그들은 고되고 절제된 생활을 했다. 저녁이면 한 자루 촛불의 불꽃 아래서 기도를 했다. 더는 진심이 깃들어 있지 않았다. 시편을 낭송하는 것도 습관에 지나지 않았다. 그들의 소망들은 베트남의 무기력 속에서 지워졌다. 온갖 고난과 미셸 수사의 죽음이 그들에겐 마음의 짐이었다. 일체의 종교적 감정이 그들에겐 멀게만 느껴졌고 그들과 상관없는 일만 같았다. 도미니크와 카트린은 자신들이 모든 이에게서 잊혔음을 알고 있었다. 자신들의 존재가 무용하다고 여겨졌다. 농부들은 그들의 말에 귀를 기울이며 미소를 지었지만 그들이 하는 성스러운 말들은 산의 메아리 속으로 사라져버리는 것이었다. 그들은 내면의 공허가 점점 더 넓어지는 것을 느꼈다. 그들은 외롭고 지쳐 있었다.

지아라이 족은 눈에 보이지 않는 정령들이 가득 깃들어 있는 어떤 세계를 믿었다. 만물 속에 신이 있었다. 저마다의 존재는 비록 생명 없는 것이라 하더라도 하나씩의 영혼을 지니고 있었다. 이 베트남 사람들은 얌전하고 조용했다. 참을성 있는 그들은 표지 하나하나 속에 깃든 우주를 섬겼다. 달이나 바람처럼 비가 그들에게 말을 했다. 선교사들은 그들에게 머나먼 전설들이 살아 숨쉬는 한 권의 책을 소개했다. 전설들은 재미있었다. 그러나 하늘과 땅의 신들은 믿기 어려운 것이면서도 마음에서 가까웠다. 신들은 잎사귀 하나하나를 떨게 했다. 여러 가지 표지들이 그 베일을 벗고 나타나는 어떤 여름밤이면 마을은 행복한 신음 소리로 수런거렸다. 남자와 여자가 우주에 하나 되는 것이었다.

그들은 우옌 안이 다시 베트남의 황제가 되었다는 사실을 알게 되었다. 통킨과 코친차이나가 그의 것이었다. 그의 통치는 엄격했다. 질서가 제일이었다. 그는 스스로를 자롱(嘉隆)이라 칭하고 나라를 개혁하기 시작했다. 그는 만주 형법을 제정했다. 그는 수많은 궁궐을 짓고 학교를 세웠다. 도미니크와 카트린은 사이공의 동료들이 맞은 최후도 알게 되었다. 그는 잔느 수녀가 강간당하고 나서 목졸려 살해당했다는 비참한 소식도 들었다. 슬픔이 그들의 마음을 가득 채웠다. 그들은 이 신앙의 친구들을 잘 알고 있었다. 피에르 피뇨 드 브레엔의 파견대는 끝장나가고 있었다. 오직 두 사람의 선교사만이 모든 사람에게서 잊힌 채, 그리고 스스로를 잊은 채 살아남아 있었다. 베트남에서의 그들의 존재 의미는 비극적 사건들과 여러 계절 속에서 갈피를 잃어버렸다. 그들은 이 나라의 포로였다.

그렇지만 두 사람은 단순하고 자유로운 삶의 기쁨을 맛보고 있었다. 그들의 영혼은 헐벗었다. 그들에게는 오직 군더더기 없는 핵심만이 남았다. 그들의 노동은 건전했다. 그들은 돼지며 깡마른 가금들을 사육했다. 카트린은 코끼리 타는 법을 배웠다. 코끼리는 좁은 골짜기에서 보습의 날을 끌었다. 그들은 코뿔소와 순결한 이빨을 지닌 호랑이들을 발견했다. 저녁이면 그들은 불가에서 농부들과 함께 불과 물의 혼을 불렀다. 노랫소리는 날카롭고 짧았다. 검은 옷을 입은 여자들이 춤을 추었다. 두 선교사는 다른 사람들의 삶을 발견해갔다. 즉 그들은 그들 자신에 대하여 배워가는 것이었다. 사람들이 그들에게 숲의 정령들을 상징하는 밝은 빛 나뭇조각들을 보여주었다.

그들은 자신들의 나라 이야기를 했다. 프랑스는 어찌되었는가? 아무것도 알 수가 없었다. 베르사유는 그 진실을 잃어버리고 말았다. 그들의 머릿속에서는 세일론이며 색깔이 짙고 나지막한 집들이 더 가깝게 느껴졌다. 그들의 가족들이 살고 있는 곳은 이상하고 마치 사라져버린 세상인 것만 같았다. 카트린은 자연스럽게 젊은 시절 이야기를 꺼냈다. 그녀는 도미니크에게 자신의 종교적 소명, 자신이 십자가 모양으로 두 팔을 벌린 채 엎드려 있던 방바닥 타일의 써늘함에 대하여 이야기했다. 그 여자는 하느님과 약혼했었다. 그녀는 또한 그에게 여행의 고달픔, 자신을 빤히 쳐다보던 뱃사람들, 밤의 속뜻 모를 속삭임에 대해서도 이야기했다. 새로움이 뺨을 후려치듯 그녀의 정신을 번쩍 들게 했다. 알지 못하는 사이에 그녀의 종교적 확신들이 침식되어갔다. 그 여자는 불안해하지 않았다. 그것이 오히려 놀라웠다. 여러 해가 지났다. 그녀의 신앙심이 지워졌고 오직 시편들과 기쁨만을 남겨놓았다. 그들은 안남의 높은 산 속에서 순수하기 이를 데 없는 삶을 살아가고 있었다. 도미니크와 카트린은 이제 프랑스로 돌아갈 생각이 없었다.

그들은 며칠 동안 산 속으로 떠났다. 어느 나이 많은 농부가 그들과 동행했다. 그들은 천천히 걸었다. 성직자들은 놀라운 풍경들을 발견했다. 남쪽 비탈에는 논두렁으로 막힌 작은 늪과 같은 이상한 논들이 있었다. 여러 세기에 걸친 세월이 남겨놓은 지질학적인 단층들 같은 그 계단식 논들에 벼가 피어 있었다. 남자는 딴 데 정신이 팔린 듯했다. 이따금씩 그들은 한 여자가 모를 심다 다시 그 도랑 속으로 사라져버리는 것을 보았다. 골짜기들은 그들의 눈 아래 끝없이 펼쳐져 있었다. 늙은 농부는 베트남 말을 했다. 그들은 그에게 프랑스 이야기를 했다. 그는 알아들었다.

"우리 친구들은 우리를 잊어버렸고 하느님 목소리는 거의 들리지 않는군요, 노인."

그는 대답했다.

"논이 어지간히 푸르군요. 논은 하늘의 거울이지요."

그들은 어떤 샘물이 흘러나와 고인 물 속에 들어가서 멱을 감았다. 샘물은 바위틈에서 차갑게 솟아나고 있었다. 모두 즐기면서 서늘하게 몸을 식혔다. 그들은 이름도 알 수 없는 알록달록한 물고기들을 잡았다.

도미니크와 카트린은 마을의 축제에 갔다. 그들은 그 축제의 의미를 깨닫기 시작했다. 그 중 며칠은 젊은 여자들에게 바쳐졌다. 여자들은 맘에 드는 남자와 청동 팔찌를 교환했다. 저녁이 되자 현자들이 젊은 여자의 꿈 이야기를 귀기울여 들은 다음 그 한 쌍의 장래를 예언해주었다. 예언이 암담하거나 분명치 못한 경우도 있었다. 그럴 경우에는 결혼 준비를 중지했다. 그렇지 않을 경우, 젊은 신부는 검은 비단옷을 입고 숲 냄새가 나는 향수를 뿌리고서 새로운 가정으로 맞아들여졌다. 마을 사람들은 기름이 흐르는 밥과 쌉쌀한 양념에 무친 콩나물로 배불리 먹었다.

어느 날 아침 카트린은 병정의 기도를 기억했다.

"하느님, 저에게 당신을 사랑할 힘을 주소서."

그녀는 이제 더 그럴 힘이 없었다. 그녀의 신앙은 서서히 지워져갔다. 그들은 전에 사이공에서 멀지 않은 곳에서 그랬던 것처럼 다시는 교리문답을 가르치는 일이 없었다.

X

　여름이 끝나면서부터 우기가 시작되었다. 도미니
크는 사람들이 그에게 보여준 골풀들을 긴 비단 족자
에 그렸다. 카트린은 오래 전부터 글쓰는 일을 그만
두었다. 그녀는 페트라르카를 읽고 있었다.

　오두막집은 햇빛에 말린 흙과 짚으로 지은 것이었
다. 끝없이 내리는 비로 지붕들이 허물어지기 시작했
다. 두꺼운 층의 흙덩이들이 비늘처럼 떨어졌다. 그
리고 그것들이 끈적끈적한 판이 되어 미끄러져 떨어
지는 것이 눈에 보였다. 안남의 마을 지붕들은 녹아
서 시커먼 물이 되었다. 도미니크와 카트린은 불등걸

몇 개를 피워놓고 집 안에서 기다렸다. 그들은 말이 없었다. 무엇엔가 골똘하게 주의를 기울인 표정이었다. 나뭇가지들이 꺾이고 바람이 잉잉거리며 바위에 부딪히는 소리에 귀를 기울이고 있는 것이다. 하늘빛이 심상치 않았다. 방 안에 켜놓은 단 하나뿐인 촛불이 꺼져버렸다. 이틀 전부터 비가 그치지 않고 내렸다. 나뭇잎들이 구겨져 술렁대는 소리가 그치지 않았다.

마을에는 인적이 없었다. 농부들은 모두 자기네 오두막집으로 들어가버리고 없었다. 비가 산비탈의 계단식 논에 심어놓은 벼들을 후려쳤다. 벼가 휘청거렸다. 그리고 콸콸 쏟아져나오는 진흙 속으로 파묻혔다. 쏟아지는 물이 급류가 되어 흐르면서 흙을 실어갔다. 사람들은 얌전하게 기다리고 있었다. 도미니크와 카트린은 오두막집 안에서 서로의 머리가 젖기 시작하는 것을 볼 수 있었다. 비가 지붕의 두터운 짚을 뚫고 스며드는 것이었다. 발효하는 냄새가 사방으로 퍼졌다. 그들의 얼굴은 천장에서 떨어지는 시커멓

고 축축한 먼지로 꺼멓게 되어갔다. 카트린의 금발이
시커멓게 응고된 먼지에 덮여서 짙은 색으로 변했다.
그들이 입은 옷도 축축하게 젖었다. 도미니크는 웃통
을 벗은 채였다. 그들의 피부는 추위와 자극으로 인
하여 축축하고 벌게졌다. 카트린이 입고 있는 회색의
무명옷이 몸에 달라붙었다. 꺼실꺼실한 직물 속에서
그녀의 단단한 젖가슴이 불룩하게 솟아 있었다.

침묵이 흘렀다. 그들은 아무 말이 없었다. 그들은
서로를 바라보면서 어서 비가 그치기를 바랐다. 입고
있는 옷이 거추장스러워졌다. 카트린은 몸을 떨었다.
그녀의 입술이 파랗게 변했다. 오한이 나면서 전신이
떨렸다. 도미니크는 불안했다. 그는 그녀를 꼭 껴안
아주었다. 여자의 미지근한 숨결과 엷은 살결, 그리
고 엷은 옷을 느낄 수 있었다. 그는 손으로 그녀의 등
과 목을 문질러주었다.

이윽고 그는 여자를 애무했다. 여자는 아무 말도 하지 않았다. 그저 기다리고 있었다. 한나절이 지났다. 오직 카트린의 몸을 더듬는 성직자의 손만이 말을 하고 있었다. 그녀의 두 눈은 단단했고 허리는 아직 감춰져 있었다. 도미니크는 그녀의 젖가슴을 드러내놓았다. 가슴은 희고 추위 때문에 소름이 돋아 우툴두툴했다. 그는 여자의 내부에서 찾아낸 부드러움으로 오랫동안 그녀를 따뜻하게 덥혀주었다. 봉오리가 열리면서 그들에게는 아주 새로운 풍경들이 나타났다. 도미니크는 그 풍경의 지도를 발견했다. 카트린은 그 풍경의 깊이를 실감했다. 그의 모공 하나하나에서 흙으로 얼룩진 찝찔한 물이 새어나왔다. 그들의 손은 습기 때문에 윤기가 없었다. 그들의 호흡이 여러 가지 발견들을 이끌어냈다. 우주가 그 모습을 드러낼 참이었다.

비는 그치지 않고 내렸다. 낮인지 밤인지 분간을 할 수 없었다. 그들은 거의 아무것도 먹지 않았다. 과일 몇 개뿐이었다. 천천히, 카트린은 자기 돗자리 위에 누웠다. 눈은 뜬 채였다. 바람이 불고 있었다. 도미니크는 입은 옷을 열고 그녀의 몸을 벌거벗겼다. 몸은 대낮처럼 희고 빛났다. 선교사는 그 뿌연 살을 끝도 없이 바라보고만 있었다. 그것은 전에 보지 못한 전혀 새로운 색깔 같아만 보였다. 그는 손으로 그 대지의 한 조각 한 조각을 쓰다듬었다. 카트린은 두 팔을 십자가처럼 벌리고 있었다. 도미니크는 그녀의 가느다란 다리와 파인 배를 애무했다. 수녀는 자신의 전신을 더듬어가고 있는 감각들에 몸을 열었다. 그 여자는 가만히 주의를 집중하고 있었다.

비가 좀 덜 거세어졌다. 그들은 마침내 밖으로 나
갔다. 마을은 어두웠다. 아무도 제집 밖으로 나오는
사람이 없었다. 그들은 눈을 들어 쫓겨가는 구름 떼
를 바라보았다. 밤은 불안정했다. 별들이 사라지고
없었다. 산비탈에는 숲이 두 발로 굳건히 버티면서
일어서는 것 같았다. 오두막집들이 녹아서 냇물 속으
로 실려갔다. 대자연은 개시만 할 뿐 절대로 마무리
하는 법이 없는 몸짓으로 술렁거리고 있었다. 바람
이 존재들을 스치면서 그 감각을 드러내 보였다. 모
든 것이 속을 드러냈다. 그 속에 숨어 있던 정령들이
깨어 일어났다. 도미니크는 바나나 나무 밑에 축축한
몸으로 엎드려 있는 호랑이를 알아볼 수 있었다. 그
리 멀지 않은 곳에서 코끼리가 울었다. 생명이 가까
이 있었다. 밤이 가만히 머물러 있었다.

그는 그녀가 벗은 모습을 보았다. 여자는 그의 행복한 시선에 맞서려는 듯이 쳐다보았다. 카트린은 미소를 지었다. 그는 그녀의 두 다리를 벌리고 배를 부드럽게 쓰다듬었다. 그녀의 머리털은 빗속에서 너무나 오랫동안 기다린 탓에 갈색으로 변해 있었다. 여자는 부드럽게 숨을 쉬었다. 남자는 아무 할 말이 없었다. 여자에게 키스를 하지도 않았다. 그는 여자의 몸을 만족스럽게 즐길 수 없었다. 주위의 모든 것이 다 지워져갔다. 그는 두 손으로 그 다양한 풍경을 더듬어갔다. 젖가슴의 부드러운 꼭지가 빨갛게 물들었다. 가벼운 솜털이 벌린 두 다리 사이에 그늘을 지우고 있었다. 그는 자신이 억세고 갈망으로 가득 차 있음을 느꼈다. 그는 여자의 안으로 들어갔다. 머리 위 밀짚을 덮은 지붕에서는 흙물이 흘러내리고 있었다.

XI

도미니크는 그녀의 안에서 자신을 잊었다. 카트린은 자신을 그토록 멀리 데려가고 있는 그의 몸 아래서 휘청했다. 땅은 경작하기 쉬웠다. 여자는 도미니크를 두 손으로 붙잡고 있었다. 소리없이, 그러나 점점 더 빨리 숨을 내쉬었다. 그들의 어두운 두 눈은 생명의 저 깊은 곳에 비끄러매여 있었다. 그들은 상대의 존재 속으로 빠져들어갔다. 그들은 자지 않고 있었다. 그들의 숨소리 대신 대지의 웅얼거리는 소리가 들려오자 그들은 반듯이 누워 하늘을 쳐다보았다. 생각이 새어나가고 머릿속이 텅 비어 있었다. 그들은 망각을 택했었고 그 속에서 무한히 존재하는 자신을 느낄 수 있었다.

거친 천으로 지은 바지를 입은 마을의 노인이 비의 신에게 빌었다. 그는 두 손을 하늘로 쳐들고서 끝도 없이 뭐라고 말을 했다. 산들이 끊임없이 진흙탕으로 변하여 흘러갔다.

비는 사흘을 더 내렸다. 도미니크와 카트린은 끊임없이 서로를 발견해갔다. 도미니크는 그녀의 목을 애무했고 눈을 뜨면 그녀가 보였다. 서로는 상대에 대한 욕망을 느꼈다. 그들은 별로 말을 하지 않았다. 하늘과 땅의 신호들이 그들에게 가르침을 주었다. 그들은 가까워진 그들의 몸의 확실한 존재를 사랑했다. 그들은 우주로부터 보호되어 있는 것이었다. 틈의 달빛 그림자가 또렷해졌다. 카트린의 몸은 이제 흘러가 버릴 듯한 느낌을 주지 않는 진정한 것이 되었다.

육 년이 지난 뒤 카트린과 도미니크는 죽었다. 그들은 많이 산 셈이었다. 베트남 사람들이 눈물을 흘렸다. 그들은 두 사람을 좋아했던 것이다. 아르망드 수녀처럼 카트린은 진정시킬 수 없는 갈증에 시달렸었다. 도미니크는 그녀와 너무 가까이 지냈기 때문에 그녀의 병이 옮았다. 그는 혼자 남아 살고 싶지 않았다. 두 사람 다 평화 속에서 숨을 거두었다. 그들은 행복했다. 지아라이들은 그들의 시신을 마을 어귀에 묻었다. 성직자들이 부탁한 대로 그들은 대나무로 십자가를 하나 만들어 꽂았다. 거기에는 베트남 말로 이렇게 새겼다.

　우리의 하느님과 프랑스를 위하여

　카트린과 도미니크는 그들의 자유를 사랑했다. 그
들은 자신들의 나라를 잊은 적이 없었다. 프랑스의
베트남 파견대는 이로써 마무리되었다. 생장 호와 생
폴 호에 승선했던 승무원들 가운데 살아남은 사람은
아무도 없었다. 베트남은 평화를 다시 찾은 지 한참
이 되었다. 그곳에 가톨릭 신자는 그리 많지 않았다.
사이공은 번영을 누리면서 서서히 세일론의 영향을
받았다. 안남에는 세상 사람들에게서 까마득히 잊힌
산사람들이 살고 있었다.

XII

1820년, 중국문화를 계승한 유학자인 민망(明命)은 외세의 영향으로부터 나라의 문을 굳게 닫아버렸다. 그런데도 프랑스는 또다른 원정대들을 보냈다. 그 규모도 대단한 것들이었다. 이미 알제리도 손에 넣은 상태였다. 인도차이나도 마찬가지로 손아귀에 넣었다. 나중에는 앙코르와트와 담쟁이넝쿨로 뒤덮인 그 해묵은 돌들도 프랑스의 것이 되었다. 가톨릭교는 잊혔다. 병사들은 인정사정없었다. 그들은 사이공에서 옛날에 도미니크 교단 사람들이 왔던 얼마간의 흔적을 발견했다. 그게 전부였다. 피에르 피뇨 드 브레엔과 어린 황제 칸은 까마득히 잊혔다.

1856년, 사람들은 안남의 후미진 마을들을 답사했다. 아무것도 변한 것이 없었다. 여전히 코끼리들이 계속하여 쟁기를 끌고 있었다. 오두막집의 지붕들은 가을에 들면서 내리기 시작하는 비를 맞아 무너졌다. 프랑스의 원정대는 도미니크 수사와 카트린 수녀가 살았던 마을에서 대나무로 된 십자가를 발견했다. 하나밖에 없는 십자가를 보자 참 이상하다는 생각이 들었다. 이런 곳에 그들이 와서 살았다는 사실 자체가 잘 믿어지지 않았다. 군종신부는 경계심을 느낀 나머지 그 십자가를 부러뜨려버렸다. 잊어버릴 필요가 있었다.

도미니크와 카트린은 우옌 안의 명령에 의한 박해
에서 벗어날 수 있었다. 그의 치세도 끝나가고 있었
다. 그는 너무 독립적이어서 별로 마음에 들지 않는
고산지대의 소수민족들을 추격했다.

1802년 어느 여름밤, 무장한 사람들이 콩라이 마을로 들어왔다. 그들은 두 사람의 백인 선교사를 찾고 있었다. 마을을 샅샅이 뒤졌다. 그들은 어느 한 구석에서도 서양 냄새가 나는 것을 찾아볼 수 없게 되자 놀라지 않을 수 없었다. 마침내 그들은 도미니크와 카트린이 살고 있는 오두막집의 문을 열었다. 그들은 벌거벗은 채 서로 꼭 껴안고 잠들어 있었다. 남자는 젊은 여자의 젖가슴 위에 손을 얹어놓고 있었다. 여자의 배는 땀과 정액으로 축축하게 젖어 있었다. 그들은 서로 사랑을 했던 것이다. 깊은 정적만이 깃들어 있었다. 군인들은 어떻게 해야 할지 망설였다. 육체를 서로 나누는 법이 없이 눈이 매섭고 말씨가 공격적인 남자들과 여자들을 찾아내게 될 줄로 기대했던 것이다. 성직자들의 태연하기만 한 모습과 창백함에 군인들은 감동했다.

손끝 하나 건드리지 않고 그들은 다른 마을로 떠
났다.

만남을 찾아가는 망각의 여정

1994년 초여름부터 나는 안식년을 맞아 파리에서 일 년을 지낼 기회를 가졌다. 내가 거처하는 집은 시내의 중심가에 위치한 몽파르나스 역에서 기차를 타고 네 정거장, 그러니까 십오 분 정도밖에 안 걸리는 숲가의 작은 마을 뫼동(Meudon)에 있었다. 파리 시내의 땅속을 일상의 실핏줄처럼 누비는 퀴퀴한 지하철이 아니라 기차, 그렇다, 감탄부호를 붙여서 발음해보고 싶은 기차를 타고 다니는 것이었다. 작은 역사들과 아파트, 그리고 선로 쪽 담장 너머로 팔을 뻗어 가볍게 흔들어 보이는 라일락 나무들이나 그 위로

드리운 하늘을 차창으로 내다보며 파리 시내로 나오고 집으로 돌아가는 이 선로 위의 한가한 생활이 나에게는 말할 수 없이 정다웠다.

아주 현대식으로 신축한 몽파르나스 역은 쾌적하고 기능적인데다 베르사유, 샤르트르를 거쳐 프랑스 서남부의 라 로셸이나 보르도, 바이욘, 이렇게 피레네 산맥이 뻗은 스페인 국경 쪽으로 떠나는 기차의 시발점이기도 해서, 때로는 돌연한 '여행'에의 충동을 억눌러야 하는 매혹의 장소였다. 어쩌면 인적이 드문 마을 역사의 벤치에 앉아서 기다리거나 기차에 몸을 싣고 보내는 십오 분간은 장차 떠나게 될 아주 머나먼 여행의 예행연습인 것만 같았다. 나의 행선지는 불과 네 정거장 밖이었지만 자칫 유혹에 이끌리면 내처 대서양과 피레네 산맥 쪽으로 내달을 수도 있다는 사실이 언제나 내 가슴을 설레게 했다.

몽파르나스 역의 오른편 출입문으로 들어서면 곧장 나타나는 것이 밝고 큼직한 서점이다. 기차가 도착하기까지 시간 여유가 있으면 나는 늘 그 서점으로 들어가 서성대기를 좋아했다. 신문이나 잡지를 사기도 하지만 마음을 사로잡는 신간들의 표지 그림이나 제목과 저자의 이름을 아무 생각 없이 훑어보고 책을 펼쳐 그 첫 페이지를 읽어보는 그 여유가 내게는 유별난 즐거움이었다. 마치 크리스마스 가까운 무렵, 캐럴송을 아득히 들으면서 불밝힌 진열장 안으로 초콜릿 상자나 곱게 포장한 선물꾸러미들을 건너다보는 어린아이의 설레는 마음 같았다.

내가 '안남(Annam: 『다다를 수 없는 나라』의 원제)'이란 기이한 제목이 박힌 한 권의 작은 책을 발견한 것은 바로 그 서점의 진열장에서였다. 보통 소설책보다는 가로 폭이 좁고 길이가 긴 표지에는 그 한가운데 녹색을 배경으로 베트남 특유의 운하와 그 위에 떠 있는 지붕 덮인 배들과 야자수의 풍경이 그려져 있었다. 백 페이지도 채 안 되는 이 책은 손안에 꼭 들어오는 크기와 두께가 만만해서 마음을 끌었다. 저자의 이름도 출판사의 이름도 내겐 아주 생소했다. 그러나 포켓북과는 달리 가볍고 두꺼운 고급 종이에

크고 단정하게 도열한 활자들의 행렬이 아름다웠다. 나는 책을 사들고 기차에 오르는 즉시 문장은 짧고 여운은 긴 이 소설의 매혹 속에 빨려들고 말았다. 책을 다 읽고, 그후 몇 번이나 다시 읽고, 그리고 번역을 하고 마침내 이 글을 쓰고 있는 지금도 나는 그 짧은 문장들 사이에서 배어나오는 기이한 적요함, 거의 희열에 가까울 만큼 해맑은 슬픔의 위력으로부터 완전히 놓여나지 못하고 있다.

이 소설을 쓴 크리스토프 바타유에 대하여 알려진 바는 거의 아무것도 없다. 오직 1993년 9월에 나온 이 짧은 소설의 뒤표지에는 "크리스토프 바타유는 스물한 살이다"라고만 간결하게 적혀 있을 뿐이다. 그리고 나는 그 이듬해 어느 문예지의 소식란을 통해서 이 소설이 '신예작가상'을 수상했다는 사실을 알았다. 그런 상이 존재한다는 사실 자체도 나는 그때 처음 알았다. 그러나 이 소설에는 너무나 잘 어울리는 상이란 인상을 받았다. 스물한 살이라는 작가의 나이

때문이었을까? 그 얇고 순결한 책의 부피 때문일까? 문체의 곳곳에서 배어나오는 여리고 적막한 여백 때문이었을까? 어쨌든 작가는 이 작품을 내놓은 지 꼭 일 년 만에 같은 출판사에서 마찬가지로 얄팍한, 마찬가지로 수수께끼 같은 또하나의 소설 『압생트』를 발표했고 많은 서평자들로부터 격찬을 받았다. 그러나 중요한 것은 작가가 어떤 사람인가 하는 문제가 아니다.

이 데뷔작은 그 전체의 길이만 짧은 것이 아니다. 이야기를 구성하는 문장도 지극히 절제된 단문들이다. 더군다나 문장과 문장을 이어주는 논리적, 인과적 접속사가 거의 다 생략되어 있다. 각각의 문장들은 광대한 바다에 불쑥불쑥 나타나는 하나씩의 섬이다. 섬과 섬 사이에는 심연이 가로놓여 있다. 가령 다음과 같은 서술이 그 좋은 예가 될 것이다.

수사들의 얼굴은 서서히 초췌해져갔다. 도미니크 수사의 뚱뚱하던 배가 들어갔고 수염에 이가 끓

어서 면도를 하지 않으면 안 되었다. 카트린 수녀
는 아름다웠다. 사람들의 시선이 자꾸만 그녀의 몸
으로 갔다. 그 노인이 말했었다.

"각각의 존재는 하느님의 집이지요."

온갖 고난에 부대꼈지만 대책이 없었다. 푸른 대
나무에서 떨어진 벌레들이 스멀스멀 기어다닌 곳에
는 살이 썩었다. 그걸 치료하는 법을 배웠다. 새벽
에 메콩 강의 미지근한 물에 들어가 목욕을 했다.

문체의 낯섦과 우화적이고 담담한 어조로 본다면
지금부터 오십여 년 전 마찬가지로 무명인 한 청년작
가가 들고 나와 충격을 던져주었던 데뷔작 『이방인』
을 연상시키는 데가 없지 않다. 이 소설을 구성하는
각각의 문장들은 마치 이야기 속의 외롭고 행복한 수
사 도미니크와 수녀 카트린처럼 고립되어 있다. 문장
과 문장의 사이에는 망망대해와 건너지를 수 없는 침
묵의 공간이 깊고 넓어진다. 독자는 이야기의 흐름을
따라가고 있다고 믿지만 실은 섬처럼 고립된 문장들

사이에 깊고 넓어지는 침묵의 공간 속을 들여다보며 거기에 자신의 적막한 존재를 비춰보고 있다는 것을 어느 한순간 자각하지 않을 수 없다.

책의 뒤표지에는 이 소설의 이야기 줄거리가 다음 과 같이 간략하게 요약되어 있다.

일단의 프랑스 선교사들이 18세기 베트남을 향 하여 배를 타고 떠난다. 마음 착하고 신앙심 깊은 이 여자 남자들은 미지의 땅을 찾아가기로 결심한 것이다. 그들은 일 년이 넘게 걸려서 비로소 사이 공에 도착하게 된다. 거기서 그들은 남쪽 지방의 농사꾼들에게 복음을 전파한다. 그런데 한편 프랑 스에서는 대혁명이 일어난다. 프랑스는 동방으로 떠난 선교사들을 까맣게 잊고 산다. 선교사들은 그 동안 모든 것을 버렸고 모든 것을 다시 배웠다. 베 트남은 특유의 습기와 특유의 아름다움으로 그들 을 모두 딴사람으로 만들어버린 것이었다. 그들은 그 땅에서 살고 죽는다. 그들은 하느님을 까맣게 잊어버린 것이다.

이 소설은 무엇보다도 기나긴 여행의 이야기다. 다시 말해서 이 짤막한 작품은 모든 소설에 공통된 원형 그 자체를 보여주고 있는 것이다. 율리시스의 순항도, 오이디푸스의 고난에 찬 여로도, 이몽룡의 과것길도, 페르귄트의 모험도 모두가 긴 여행의 이야기다. 모든 소설은 각기 다른 방식으로 신기루나 고행이나 신을 찾아가는 구도의 과정을 그려 보인다. 그것은 외형적으로 성공일 수도 있고 실패일 수도 있다. 그러나 모두가 이러한 여정을 통해서 성년의 비밀에 이르거나 자신의 진정한 모습을 발견한다는 점에서는 크게 다르지 않다. 소설 『다다를 수 없는 나라』도 예외가 아니다. 어린 베트남 황제 칸의 여행과 죽음의 의미를 찾아내려는 듯이 일단의 프랑스인들은 미지의 베트남을 향하여 라 로셸 항을 떠난다. 내가 몽파르나스 역에서 탄 기차를 뢰동 마을에서 내리지 않고 내처 달리면 이르게 될 그 항구, 거기 어디쯤에서부터 18세기 베트남으로 가는 바다가 펼쳐져 있었던 것이다. 그 뱃길은 포르투갈, 모로코, 탕헤르, 아프리카 해안, 희망봉, 마다가스카르, 인도, 세일론을 거쳐 열세 달 만에 베트남에 닿는다. 남쪽 바단에 정착한 일단의 선교사들은 열심히 일하고 열심히 복음을 전한다.

그러나 도미니크 수사와 카트린 수녀는 그런 정착에 만족하지 못하고 또다시 북쪽으로 떠난다. 메콩강을 건너 밀림을 지나고 화산의 분화구를 거쳐 콩라이 마을에 이른다. 그리고 이곳에서 그들은 신을 잊은 채 자신의 고독과 서로에 대한 사랑을 발견하고 죽을 것이다.

이 소설 속의 기나긴 여행은 무수한 죽음들을 등 뒤에 남긴 채 점점 가볍고 단순해진다. 그것은 일종의 마음 비우기 여행, 즉 절대적 망각의 여로다. 소설은 그 출발에서부터 죽음으로 시작된다. 먼 베트남으로부터 찾아온 일곱 살의 황제는 "가족들에게서 멀리"떨어진 채 홀로 죽어 베르사유 궁궐 뒤 작은 묘지에 묻힌다. 머지않아 선교사들을 베트남으로 떠나도록 주선한 피에르 피뇨 드 브레엔 주교 또한 "투렌에 있는 부브레의 처소에서" 숨을 거둔다. 장차 대혁명의 소용돌이 속에서 처형될 루이 16세와 더불어 소설 첫머리의 베르사유 궁전에서 만났던 출발점의 세 인물이 모두 다 죽는다. 그러므로 이 기나긴 여행의 출발점은 다름아닌 베르사유의 '죽음'인 것이다. 이 죽음은 소설의 끝에서 행복한 남녀의 죽음과 이어지며 그 기나긴 지워짐의 도정을 하나의 고리로 묶어놓는다. 어린 황제의 묘비에 새겨진 비문 "나의 하느님과 나의 나라를 위하여"는 마침내 대나무 십자가에 새겨진 마지막 비문 "우리의 하느님과 프랑스를 위하여"에 메아리치면서 하나의 원을 형성한다. 그러나 소설의 결말은 죽음이 아니라 실오라기 하나 걸치지 않은 남녀가 누린 행복한 사랑과 군인들까지 무장해제시키는 그들의 순진한 잠이다.

어쨌든 어린 황제의 죽음을 출발점으로 하여, 두

척의 배에 올라 라 로셸 항구를 떠난 사람들의 여행
은 무수한 죽음들로 점철된다. 마다가스카르 섬 앞
을 지날 무렵 선원 한 사람이 괴혈병으로 죽는다. 떠
난 지 일곱 달 만에는 또다시 선교사 한 사람과 선원
두 사람이 죽는다. 어떤 "아름다운 섬"을 앞에 두고
아르망드 수녀는 콜레라에 걸려 죽는다. 열사흘 동안
그녀와 함께 배 안에서 문을 걸어잠그고 남아 있던
도미니크 수사는 혼자 문을 열고 나와서 수녀의 시신
과 함께 생장 호를 불태워버린다. 그리고 그는 전신
에 배어 있는 죽음을 씻어내려는 듯이 "바다로 뛰어
들어 아침나절 줄곧 헤엄을 쳤다." 베트남에 도착한
사람들은 곧 두 무리로 갈라졌다. 사이공으로 떠난
선장과 군인들은 모두 참혹하게 죽임을 당했다. "그
들은 조국에서도 멀고 전쟁에서도 먼 곳에서 외로이
죽었다." 한편 도미니크, 미셸 두 수사와 카트린 수녀
가 북쪽으로 떠난 뒤 바딘에 남아 있던 도미니크 수
도회 성직자들은 우옌 안에 의해서 "남김없이 다 학
살 당했다." 그리고 북으로 떠난 세 사람 중 미셸 수

사 역시 도중에 습지열병으로 죽는다. 이제 남은 것은 도미니크 수사와 카트린 수녀뿐이다. 그리하여 소설은 다음과 같은 두 남녀의 모습으로 끝맺어질 수 있는 것이다.

그들은 벌거벗은 채 서로 꼭 껴안고 잠들어 있었다. 남자는 젊은 여자의 젖가슴 위에 손을 얹어놓고 있었다. 여자의 배는 땀과 정액으로 축축하게 젖어 있었다. 그들은 서로 사랑을 했던 것이다. 깊은 정적만이 깃들어 있었다. 군인들은 어떻게 해야 할지 망설였다. 육체를 서로 나누는 법이 없이 눈이 매섭고 말씨가 공격적인 남자들과 여자들을 찾아내게 될 줄로 기대했던 것이다. 성직자들의 태연하기만 한 모습과 창백함에 군인들은 감동했다.

손끝 하나 건드리지 않고 그들은 다른 마을로 떠났다.

이 모든 죽음은 물론 참혹하고 슬픈 것이다. 그러나 정작 그 많은 죽음과 상실들을 통해서 강조되고 있는 것은 슬픔이나 비극성이 아니다. 오히려 죽음들은 구도의 행보를 방해하는 비본질적인 군더더기나 거추장스럽고 무거운 표피가 떨어져나가고 망각되고 지워지는 과정으로 그려지고 있다는 것을 알 수 있다. 함께 떠난 사람들의 수가 죽음으로 인하여 줄어드는 것과 동시에 지닌 물건들이나 몸에 걸친 옷가지, 겉치레, 의식 따위들도 하나씩 제거되고 벗겨진다. 아르망드 수녀가 콜레라로 죽자 배를 한 척 불태워버리는 것이나 도미니크 수사가 "면도"를 한다든가 "헤엄을 치는" 것은 무거운 껍질을 벗어버리고 가벼움과 자유로움의 본질로 다가가는 한 과정이라고 볼 수 있다. 일행 중 가장 '무거운' 존재는 "구식 보병총으로 무장한 약 백 명 가까운 병력"과 "주철대포"였다. 그들의 집단적인 죽음과 더불어 여행길은 점점 더 핵심에 가까워진다. 이제 성직자들만 남은 것이다. 과거의 추억이 지닌 무게도 떨어져나간다. "프랑

스는 얼마나 멀리 떨어져 있는가. 그곳에서 벌어지는
일들은 모두가 무의미해졌다. 잘 이해하지도 못하는
베트남의 그 풍경들 가운데, 다스려지지 않은 대자연
앞에서 카트린 수녀는 보잘것없는 존재였다. 그녀의
기도는 곧바로 핵심을 향했고 이제 유혹 같은 것은
존재하지도 않았다. 세계는 속이 빈 조가비였다."

이 "속이 빈 조가비" 속에서는 심지어 신도 기도
도 잊힌다. 그 속에서 가장 구체적으로 만나게 되는
'본질'은 놀랍게도 '벌거벗은' 육체의 모습으로 경험
된다. 카트린 수녀가 병이 들어 자리에 눕자 도미니
크 수사가 "그녀의 하얀 무명 블라우스의 단추를 끌
렀다. 그는 난생처음으로 여자의 젖가슴을 보았다.
(……) 무거운 젖가슴에 진주처럼 땀이 맺혔다. 도미
니크 수사는 성호를 긋고 나서 밖으로 나갔다." 이성
의 순진하고 경이로운 발견과 기도는 서로 상충되지
않는다. 장차 카트린 수녀의 건강한 나신의 아름다움
은 "분화구 속에 에메랄드빛의 물이 가득히 고여" 이
루어진 달밤의 호수 속에서 더욱 투명하고 순결하게

드러날 것이다. "그녀의 몸이 거기에 길쭉하고 하얗게 비쳤다. 그녀는 천천히 몸을 수그리더니 그냥 그대로 있었다. 그리고 다시 젖은 몸을 일으켰다. 그녀가 멀게만 보였다. 그는 호수 안으로 걸어들어갔다. 도미니크는 어둠을 통하여 길게 누운 그녀의 몸의 윤곽을 분간할 수 있었다. 그 여자의 몸은 호리호리했다. 분화구의 찬물 속에서 그녀는 행복해 보였다. 그는 그녀가 사라진 줄로만 알았다. 그녀는 마치 하늘의 그림자에 녹아든 듯이 가만 누워 있었다. 도미니크는 돌길을 걸어서 돌아왔다."

"모든 사람들에게서 잊힌 채, 그리고 스스로를 잊은 채 살아남은" 이 두 사람은 이제 근원에 바싹 가까워져 있다. 그들은 원소와 만난다. "불과 물의 혼"이며 "오직 군더더기 없는 핵심"인 것이다. 여러 해가 지나고 나자 마침내 "신앙심이 지워졌고 오직 시편들과 기쁨만을 남겨놓았다". 비본질적인 껍질인 양 신앙심마저 지워지고 신마저 망각되고 난 자리에 전라의 모습으로 남은 이 '기쁨'이 신의 부정인지 아니면 또다른 어떤 종교적 깨달음인지를 소설은 말하지 않고 있다. 그러나 그것이 대자연 속에서 찾아낸 본질적인 자아의 한 모습, 그것도 아니라면 적어도 그것에 대한 억누를 수 없는 열망인 것은 분명하다.

대혁명이 일어나 왕이 시해되고 수도원이 불타버리는 프랑스와, 마찬가지로 정치적 격동이 휘몰아치는 베트남 사이의 그 멀고 먼 거리, 소식이 두절되어버린 망각의 거리, 그리고 그 공간적 시간적 거리가 기억과 사물들을 지워버리면서 만들어내는 광대한 침묵의 공간—그 속에 그려지고 있는 무형의 여운이 투명하고 슬픈 동시에 무한히 행복하게만 느껴지는 것은 어인 일일까?

이 행복함, 혹은 순진무구함은 과연 구체적 역사의 상흔들까지도 초월하게 하는 힘을 가진 것일까? 우리는 적막하면서도 분화구의 호수처럼 마음의 상처를 씻어내주는 이 소설에서 감동받은 독자로서 이 질문에 기꺼이 긍정으로 대답하고 싶어진다. 특히 모든 역사적 사실들을 단순화하여 저만큼 광대한 상상의 공간 속에 새로운 모습으로 재결합시켜놓은 우화적 문체의 단순 소박함이 그런 힘의 가능성을 시사한다. 그러면서도 다른 한편 이 아름다운 이야기와 겹쳐지는 역사적 사실들을 기억 속에서 완전히 지워버릴 수만은 없는 것도 사실이다. 과연 프랑스의 대혁명과 왕의 시해가 엄연한 역사적 사실이듯이 베트남 왕자 칸이나 그의 아버지 우옌 안, 그리고 피에르 피뇨 드 브레엔 주교 역시 엄연한 베트남 역사의 일부인 것이다. 그런데 소설은 역사적 사실과는 달리 어린 왕자 칸을 베르사유 궁전 밖의 묘지에 홀로 묻어놓고 있고 피에르 피뇨 드 브레엔 주교의 경우는 행복한 은퇴 생활과 고요한 임종만을 보여주고 있다. 이 같은 선택은 소설가가 누릴 수 있는 자유에 속하는 것일까 아니면 역사의 아전인수격 왜곡일까? 이 질문에 대하여 저마다의 독자가 스스로 답하도록 도와주기 위해서는 이 소설의 시대적 배경과 관련하여 다소 장황한 역사의 기술이 불가피할 것 같다.

1. 레(黎) 씨 왕조 : 베트남을 침략한 명(明)나라 군대에 대항하여 1418년에 타인 호아 지방에서 군사를 일으킨 레 러이(黎利)는 십 년간의 투쟁 끝에 1428년 봄 마침내 독립을 쟁취하고 베트남의 역사에서 가장 오랫동안(360년) 지속한 왕조인 레 왕조 (1428~1788)를 세우고 나라 이름을 다이 비엣(大越)이라 정했다. 우리나라의 조선 왕조가 창건된 지 삼십육 년 만의 일이었다. 1431년에 레 러이는 명에 책봉을 요청하여 안남국사(安南國事)라는 임시통치자로 임명되었다.

그러나 레 왕조가 발전하는 것은 처음 백 년뿐이요 1527년에는 막당중(莫登庸)의 찬탈에 의해 일단 멸망하고 말았다. 막 씨 찬탈로부터 18세기 말 레 왕조의 멸망까지 이 세기 반 동안은 한마디로 막(莫) 씨, 찐(鄭) 씨, 우옌(阮) 씨 사이의 분열과 혼란의 시기였다. 막 씨가 권력을 장악한 지 얼마 아니 되어 찐과 우옌 양 씨에 의한 레 황실 부흥운동이 일어났다. 그 결과 막 씨가 쫓겨나고 왕조는 재건되었지만 황제는 명목상으로만 존재하였을 뿐 나라는 사실상 우옌 씨 지배하의 남부 베트남과 찐 씨 지배하의 북부 베트남으로 양분되어 싸움을 계속하였다. 이러한 정치적 소용돌이 속에서 피해를 입은 것은 농민들이었다.

2. 우옌(阮) 씨 세력 : 남부의 우옌 씨의 칭호는 처음 총진(總鎭)으로 일컬어지다가 1692년 이후에는 국주(國主)로 개칭되었으며 우옌 푹 코앗의 시대인 1744년에 이르러 국왕(國王)으로 불리기 시작하였다. 그러나 우옌 씨는 국호와 연호를 세우지 않고 레 씨를 전과 다름없이 받들었다. 그럼에도 불구하고 실질적으로는 하나의 독립국가나 마찬가지여서 중국인이나 일본인은 이를 광남국(廣南國)이라 불렀고 유럽인들은 코친차이나라고 하였다. 한편 레 왕조 말기인 1765년에 왕이 죽자 섭정이 열한 살밖에 되지 않은 우옌 푹 투언(阮福淳)을 왕위에 올려놓고 권력을 휘둘러 불만이 생겨났다.

3. 떠이 썬 당(西山黨)의 난 : 농민들의 불만이 고조되어가는 가운데 1771년 우옌 씨 지배하의 남부 뀌 년 부근 떠이 썬(西山) 마을에서 우옌 씨 삼 형제(원래는 성이 호胡 씨였던 우옌 반 냑阮文岳, 우옌 반 르文呂, 우옌 반 후에文惠)가 난을 일으킨다. 반란은 삽시간에 전국으로 파급되어 본래의 우옌 씨와 찐 씨 세력을 차례로 무너뜨리고 한 세기 반에 걸쳤던 남북 대립에 종지부를 찍었다. 이들은 곧 레 씨 왕조를 멸하고 자신들의 새로운 정권을 수립하였다. 오늘날 베트남 역사상 최대 규모의 농민운동이라고 불리는 이 떠이 썬 운동, 즉 '떠이 썬 당의 난'이 이십 년도 채 안 되어 이처럼 커다란 성공을 거둘 수 있었던 것은 당시 베트남 사회가 안고 있던 문제들이 농민을 지배 층으로부터 이반시켰기 때문이었다.

1771년에 일어나 이후 삼십 년간 지속된 '떠이 썬 운동'을 역사가들은 흔히 전기·중기·후기의 3단계로 구분한다.

1) 1771~1786 : 전기는 우옌 씨 삼 형제의 봉기 (1771)로부터 그들이 찐과 우옌의 두 세력을 모두 타도하고 베트남의 재통일을 이룩한 때(1786)까지이고

2) 1787~1792 : 중기는 1787년 무력한 레 왕조의 찌에우 똥 제(帝)가 중국의 청조(淸朝)에 다급하게 구원을 요청하는 때로부터 침략 전쟁에 실패한 청조가 떠이 썬 왕조를 정식으로 승인(1789)하면서 꽝 쭝 (光中) 황제로 즉위한 우옌 반 후에의 재개혁이 실시되는 1792년까지이며

3) 1792~1802 : 후기는 우옌 반 후에가 요절하는 1792년부터 쇠퇴일로를 걷던 정권이 무너지고 1802년 우옌 푹 안에 의하여 베트남이 통일되어 우옌 왕조가 성립할 때까지이다.

소설 『다다를 수 없는 나라』는 바로 떠이 썬 운동의 중기인 1787년에 시작된다. 이 운동의 구체적인 과정을 살펴보면 다음과 같다.

4. 우옌 푹 안(阮福映) : 1771년 떠이 썬 당의 난을 일으킨 우옌 씨 삼 형제는 뀌 년과 쟈 딘을 공격하고 마침내 1777년에는 사이공을 함락하기에 이르고 그 과정에서 남부 세력의 중추인 우옌 씨 일족은 쟈 딘으로 도피했다가 대량 피살된다. 그 가운데서 왕 우옌 푹 투언의 조카 우옌 푹 안이 요행으로 목숨을 구한다. 그가 바로 소설 속의 섭정공 우옌 안인 동시에 아들 칸(景)을 베르사유로 보낸 장본인이다. 그는 대학살을 모면하고 메콩 강 델타의 늪지대로 도피하여 때를 기다리다가 훗날 쟈 딘 성(소설 속의 바딘?)을 회복하고 빈 투언까지 진격하는 한편 자신의 권위를 대외적으로 확립하기 위해 시암에 사절을 파견하여 우호 관계를 맺고 캄보디아의 왕위계승 분쟁에도 간여하여 자기의 후원자를 왕위에 앉혔다.

1782년에는 떠이 썬 당 삼 형제 중 큰형 우옌 반 냑이 스스로 왕이라 칭하고 연호를 태덕(泰德)으로 정하는데, 이로 인하여 곤경에 처한 우옌 푹 안은 마침내 외국의 구원을 생각하게 되었다. 처음 필리핀과의

접촉이 실패하자 시암의 군사적 원조를 요청하였다. 방콕 왕조의 창건자인 라마 1세는 이만 명의 군대와 삼백 척의 전선을 보냈는데 이들 군대는 약탈을 자행하여 민심을 이반시켰다. 이에 우옌 반 후에는 또다시 군대를 이끌고 내려와 시암의 군대를 미토 부근에서 기습하여 대단한 성과를 올리니(1785년) 시암의 군대로 본국에 생환한 자는 겨우 이삼천에 지나지 않았다.

한편 이보다 조금 앞서 우옌 푹 안은 아드랑(Adran)의 주교인 피에르 피뇨 드 브레엔의 권유에 따라 프랑스 세력을 끌어들이기로 결정하였다. 여기서부터 베트남의 역사가 소설『다다를 수 없는 나라』속으로 밀려들어온다. 주교는 프랑스와 교섭할 수 있는 전권을 위임받은 후 우옌 푹 안의 어린 아들 칸을 데리고 프랑스로 떠났다. 따라서 주교와 칸은 소설 속에서처럼 베르사유 궁의 복도에서 우연히 마주친 것은 아니다. 그들 일행이 인도의 폰디셰리(Pondichery)에 도착한 것은 1785년 2월로 이때는 이미 쟈 딘 지방이 완전히 떠이 썬 당의 수중에 떨어져 있었다.

한편 1786년에는 북쪽의 찐 씨 왕국마저 붕괴한다. 이에 떠이 썬 당의 우엔 씨 삼 형제 중 막내 우엔 반 후에는 레 왕조를 부흥시킨다는 미명하에 레 히엔 똥 (黎顯宗)에 의해 위국공으로 봉해지고 그의 딸과 결혼한다. 레 왕조의 이름뿐인 왕 히엔 똥이 사망하자 뒤이어 제위에 오른 찌에우 똥 황제는 북쪽 변경으로 달아나 청나라에 구원을 요청한다.

이에 따라 그해 11월 청군 이십만이 침입을 감행하고 청군에 의하여 찌에우 똥이 안남 국왕으로 책봉된다. 그러나 12월 22일, 청군의 침입에 직면한 우엔 반 후에는 전쟁을 효과적으로 수행할 목적에서 베트남의 합법적인 지배자인 완제의 위에 올라 연호를 꽝쭝(光中)이라 하는 한편 청군을 격파하여 역사상 가장 위대한 승리를 거둔다. 마침내 1789년, 우엔 반 우에는 청의 건륭제에 의하여 왕으로 책봉되기에 이른다.

한편 1785년 미 토에서 패배를 당한 우엔 푹 안은

일시 방콕으로 피난하여 그곳에서 시암 왕을 도와 버마의 침입을 저지하며 말레이인 해적을 물리치는 데 공을 세우기도 하였다. 그러다가 이 년 뒤에는 떠이썬 당 내부의 분쟁을 이용하여 메콩 강 하류에 있는 롱 쑤옌(龍川)으로 돌아와 이를 근거지로 삼았다. 그의 세력은 급성장을 이룩하여 싸 덱, 빈 롱, 미 토 등을 차례로 점령하였다. 1788년 9월에는 마침내 쟈 딘 성의 재탈환에 성공하고 이듬해 초에는 쟈 딘 지방 전체를 지배하에 두었다.

5. 피에르 피뇨 드 브레엔 주교 : 앞서 폰디셰리에 이르렀던 아드랑의 주교는 왕자 칸을 데리고 1786년 7월 그곳을 떠나 이듬해(1787년) 2월 프랑스에 다다랐다. 얼마 후 루이 16세를 어렵게 알현한 그는 왕에게 공수(攻守)동맹의 체결을 역설하여 11월에는 마침내 베르사유 조약이 조인되기에 이르렀다. 조약에 따르면 프랑스 왕은 즉시 네 척의 군함과 완전무장한 1650명의 군대를 코친차이나의 연안에 파견하고, 그

대가로 코친차이나 왕은 다 낭 항과 풀로 콘도르(崑崙)섬을 프랑스에 할양하고 유럽인 중에서 프랑스 사람들에게만 무역의 자유를 허용하기로 하였다.

그러나 조약은 프랑스 측에 의하여 일방적으로 파기되고 말았다. 루이 16세는 원정군의 편성을 인도에 있는 프랑스 군대의 사령관 콩베이(Conway) 백작에게 위임하였던바, 그는 원정이 현실적으로 어렵고 비용이 많이 든다는 이유로 반대 의사를 표명하였다. 마침 프랑스 국내에서는 혁명의 조짐이 일고 있었기 때문에 베르사유 궁정은 콩베이 백작의 의견을 받아들일 수밖에 없었다(1788년). 이리하여 결국 아드랑의 주교는 약속받은 프랑스의 원조를 포디셰리로부터 받을 수 없게 되었다.

그러나 주교는 이에 실망하지 않고 스스로 자금을 마련하여 무기와 탄약을 구입하는 한편 의용병을 모집하여 1788년 우엔 푹 안에게 보냈다. 그 자신은 이듬해 7월 왕자 칸과 더불어 코친차이나로 돌아왔다. 따라서 어린 황제 칸이 죽어서 베르사유 한구석 묘지에 묻힌다든가 주교가 투렌의 처소에서 "가족들이 지켜보는 가운데" 숨을 거둔다는 진술은 소설적 논리에서 생겨난 허구일 뿐이다. 주교가 모집한 의용병 숫자는 삼백여 명으로 이들이 우엔 푹 안의 통일 사업에 결정적인 역할을 했다고는 할 수 없지만 몇몇은 요새의 건설, 무기, 제조, 조선, 육해군의 훈련 등에서 커다란 업적을 남겼다.

우엔 푹 안은 쟈 딘 지방에서 이들 프랑스 사람들의 도움을 받아가며 군사력을 확고히 한 다음 1790년부터는 떠이 썬 군에 대한 공세를 재개하였다. 과연 그가 가장 주의를 기울인 것은 군대였다. 1790년 그의 군대는 삼만에 달했으며 이들은 모두 새로운 장비를 갖추었다. 그는 조병창에서 대포를 제조하게 하는 동시에 서양인으로부터 전함과 총포도 사들였다. 바로 이러한 때에 그는 아드랑 주교가 보낸 프랑스 사람들의 도움을 받기 시작하였던 것이다.

1792년 9월, 떠이 썬 정권의 꽝 쭝 황제가 39세의 나이로 돌연 요절하고 만다. 뒤이어 1793년에는 청국으로 도피한 찌에우 똥 황제마저 북경에서 사망한다. 이로부터 십 년 동안 떠이 썬 당의 우옌 정권은 쇠퇴 일로를 걷는다.

6. 우옌 왕조의 성립 : 이 같은 기회를 이용하여 우옌 푹 안은 쟈 딘 지방에서 지주 상인들의 지원을 얻어 점차 세력을 확장한다. 1801년에는 푸 쑤언을 빼앗고 1802년 6월 1일에는 통킨 지방으로의 북진에 앞서 조상의 도읍지인 푸 쑤언에서 자신의 연호를 쟈롱(嘉隆)이라 정하였다. 그의 북진은 거의 저항을 받지 않고 진행되어 푸 쑤언을 떠난 지 한 달 만인 7월 20일 탕 롱에 입성할 수 있었다. 소설의 마지막 부분을 장식하는 "1802년 어느 여름밤, 무장한 사람들이 콩라이 마을로 들어왔다"는 것은 바로 이때인 것이다. 십사 년간의 투쟁 끝에 우옌 푹 안은 마침내 하노이를 점령하여 베트남을 통일한다. 이리하여 떠이 썬 운동은 발발로부터 삼십 년 만에 종말을 고하고 '베트남 최후의 왕조인 우옌 왕조'가 성립되어 2차대전

의 종말까지 명맥을 유지했다.

우엔 푹 안은 1803년 사전을 청조(淸朝)에 보내 책봉을 요청하여 이듬해 월남 국왕에 봉해졌다. 그는 또한 나라 이름을 남 비엣(南越)으로 하여 이에 대한 승인도 얻으려 하였지만, 청조는 남 비엣이란 이름이 예전 광동과 광서를 포함했던 찌에우 다의 남월국(南越國)을 상기시킨다는 이유로 승인을 거부하였다. 대신 청은 남과 월의 두 글자를 서로 바꾸어 비엣 남(越南)이란 이름을 제시하였고 우엔 씨도 이를 수락하여 오늘날 베트남이란 명칭이 생겨나게 되었다. 한편 수도는 우엔 씨의 본거지였던 우에로 정하였다. 새로운 왕조를 창건한 우엔 푹 안은 이리하여 자롱 황제(1802~1819)가 되었다. 그가 추구한 정책은 그의 후계자들, 특히 성조 민망제(聖祖 明命帝)에 의하여 거의 완성을 보았다. 그후 1840년의 티에우 쩨 황제, 1848년 뜨 득 황제를 거치면서 차츰 아시아 대륙과 관계가 가까워진 프랑스는 1858년 청국과 천진조약을 체결한 데 이어 9월 1일 함대를 파견하여 다낭을

점령하면서 베트남 식민화의 첫발을 내디뎠다. 1860
년경부터 베트남이 프랑스에 의해 절름발이가 되어
가면서 1861년 11월 코친차이나 총독 취임, 1862년
6월 5일 제1차 사이공 조약, 1883년 8월 20일 아르
망 조약을 통하여 베트남은 프랑스의 보호국으로 전
락해갔다. 그후의 역사는 프랑스를 퇴장시키고 미국
과 베트남의 전쟁으로 이어지면서 그 무서운 불길 속
으로 우리도 뛰어들게 된다.

유럽인들이 베트남을 처음으로 방문하기 시작한
것은 바로 찐과 우옌 양 씨가 이처럼 남북으로 대립
하고 있던 시기였다. 그들의 도래는 17, 18세기의 베
트남 역사에 지극히 제한된 범위에서만 영향을 미쳤
지만 후대 역사에는 중대한 결과를 초래했다는 점에
서 주목할 가치가 있다.

이른바 지리상의 발견 시대 이후 아시아, 아프리카
의 많은 지역에서 그러했듯이 베트남의 초기 방문자
들도 상인과 선교사였다. 프랑스의 베트남에 대한 최

초의 관심은 무역보다도 선교 활동에 있었다. 프랑스의 대리점이 설립되어 있을 때조차 그것이 상업을 위한 것인지 아니면 포교를 위한 것인지 분간이 안 될 정도였다. 예수회 교단은 북부 베트남에 근거를 마련하고 알렉상드르 드 로드(Alexandre de Rhodes)를 임명하여 선교 사업을 이끌어나가도록 했다. 프랑스 아비뇽 출신인 로드 신부는 베트남에 온 당대의 선교사들 가운데서도 가장 뛰어난 인물이었다. 그는 1624년 우옌 씨 지배하의 남부 베트남에 가서 먼저 베트남어의 습득에 주력했다. 그리고 1627년 북부 베트남에 들어가 1630년 추방될 때까지 삼 년간 머무르면서 육천칠백 명을 개종시켰다. 마카오로 간 그는 1640년 남부 베트남으로 되돌아와 프란체스코 부조미의 직을 물려받고 선교 활동을 하다가 1645년 우옌 씨에 의해 또다시 추방된 후 로마로 돌아갔다. 그는 교황을 설득하여 1659년 중국을 비롯한 동아시아 지역에서의 포교를 담당할 목적으로 새로운 독립기구인 '파리외방전교회'를 결성하는 데 성공했다. 이 전교회는 우리나라에도 들어와 아직까지도 그 끈질긴 명맥을 유지하고 있다. 이 선교회를 통하여 많은 프랑스인 선교사들이 남북 베트남과 캄보디아로 파견되어 후일 프랑스가 이들 지역에서 지배권을 차지하게 되는 주요 원인이 되었다. 후일의 역사는 이들의 활동이 서구 제국주의의 확장과 무관하지 않음을 주시하게 된다. 로드 신부는 또 포교를 돕기 위해서 『통킨의 역사』를 쓰고 라틴어와 베트남어의 대역으로 된 교리문답과 베트남어, 포르투갈어, 라틴어의 대역사전을 만들었다. 뒤의 두 책에서는 처음으로 베트남어의 로마자화가 시도되었으며 이 글자는 오늘날 이 나라 국어 꾸옥 으(Quoc-Ngu)의 모체가 되고 있다. 결과적으로 보면 선교사들은 종교보다 베트남어의 로마자화를 통해서 베트남 사회의 발전에 기여했다고 할 수 있겠다.

1660년대의 찐 씨에 의한 가톨릭교 탄압은 가혹했다. 남쪽의 우옌 씨 치하에서는 탄압이 덜 가혹했다고는 하지만 기독교를 본질적으로 적대시하는 입장에서는 다름이 없었다. 그러나 선교사들은 17세기 말엽에 이르면 베트남 내의 정치문제에도 개입하게 되고 1802년 우옌 씨 왕조가 성립된 후에는 마침내 포교의 자유를 획득하는 데 성공했다.

이 작품의 원제가 되고 있는 '안남(安南)'은 원래 베트남의 통킨 지방과 코친차이나 지방 사이에 있는 가장 협소한 중부 지방을 일컫는다. 이 이름은 기원전 111년부터 기원후 939년까지 남 비엣을 점령하고 있던 중국이 옛 베트남 왕국에 붙여준 이름이다. 당나라가 679년 안남 도호부를 세우면서 이 땅을 안남이라고 불렀던 것이다. 안남이란 '남쪽을 안전하게 한다'는 의미로 그 명칭은 3세기 오(吳)나라로부터 비롯되었다. 따라서 한자명 '안남'은 이 나라에 대한 중국 천자의 주권을 명백히 하고 있다. 그후 베트남 사람들이 독립한 다음에는 대코 비엣으로 개명하였다.

그후 안남이라는 이름은 1790년 떠이 썬 운동의 성공으로 레 왕조의 왕위를 빼앗은 꽝 쭝 왕(우옌 반 후에)이 중국 청조에게 승인을 받아 안남 왕으로 책봉되면서 다시 쓰이기 시작한다. 1803년 자롱(嘉隆 : 우엔 푹 안)이 떠이 썬 당을 괴멸시키고 국토를 통일한 다음 왕위에 오르면서 중국의 승인을 받아 베트남(월남)이라는 이름을 얻었다.

1902년 베트남을 점령하고 있던 프랑스는 이 나라를 세 지역으로 나누었다. 고등판무관(résident-supérieur)이 다스리는 북부의 통킨, 중부의 안남, 두 보호령과 총독이 통치하는 남쪽의 식민지 코친차이나가 그것이었다. 따라서 안남이라는 이름은 베트남 사람들에게는 프랑스 식민지 시절의 명칭인 관계로 부정적인 어감을 가진 말이 되었다. 그러나 이 약간 슬프고 아름다운 소설 속에서 그런 부정적인 어감을 읽어내는 프랑스 독자는 그리 많지 않을 것이다. 반면에 청룡부대와 백마부대를 파견했던 나라의 독자들은 어떠할까?

김화영

지은이 **크리스토프 바타유**
스물한 살에 발표한 첫 작품 『다다를 수 없는 나라』로 "카뮈의 『이방인』 이후 최고의 데뷔작"이란 찬사를 받으며 신예작가상과 되마고상을 수상했다. 프랑스의 명문 경영학 학교인 HEC를 졸업했으나, 근원적인 일을 하고 싶다는 욕망에 소설을 쓰기 시작했다. 1995년부터 그라세 출판사에서 편집자로 일하며 작품 활동을 하고 있다. 대표작으로는 『압생트』 『시간의 지배자』 『지옥 만세』 『나는 바보들을 칭찬해주고 싶다』 등이 있다.

옮긴이 **김화영**
프랑스 엑상프로방스대학교에서 알베르 카뮈론으로 박사학위를 받았다. 30여 년간 고려대학교 불문과 교수로 재직 후 고려대학교 명예교수로 있다. 『김화영의 번역수첩』 『여름의 묘약』 『행복의 충격』 『시간의 파도로 지은 城』 『바람을 담는 집』 등 다수의 저서와 알베르 카뮈 전집, 『잃어버린 거리』 『어두운 상점들의 거리』 『팔월의 일요일들』 『짧은 이야기 긴 사연』 『섬』 『어린 왕자』 등 100여 권의 번역서가 있다.

문학동네 세계문학
다다를 수 없는 나라

1판 1쇄 1997년 1월 10일 | 1판 6쇄 2003년 12월 27일
2판 1쇄 2006년 9월 30일 | 2판 14쇄 2025년 5월 20일

지은이 크리스토프 바타유
옮긴이 김화영

펴낸곳 (주)문학동네 | 펴낸이 김소영
출판등록 1993년 10월 22일 제2003-000045호
주소 10881 경기도 파주시 회동길 210
전자우편 editor@munhak.com | 대표전화 031) 955-8888 | 팩스 031) 955-8855
문학동네카페 http://cafe.naver.com/mhdn
인스타그램 @munhakdongne | 트위터 @munhakdongne
북클럽문학동네 http://bookclubmunhak.com

ISBN 89-546-0218-5 03860

www.munhak.com